KB206448

트윈   대체 가능

트윈   대체 가능

단요 장편소설

차례

intro 빛의 흔적

　스물여섯, 민형은 인턴을 마치고 공중보건의 근무를 시작했다. 원래 전공의 과정까지 밟은 후 군복무를 해결하려 했는데 계획이 꼬였던 것이다. 분교와 본교의 격차가 화근이었다. 그가 졸업한 대학은 서울의 본교와 지방의 분교에 각각 의과대학이 설치된 곳으로, 본교 대학병원은 분교생에게 전공별로 두어 자리씩 수련의 티오를 내어 주곤 했다. 바로 이 두 자리를 노렸다가 고배를 마시고 나니 붙은 곳들은 영 마음에 차지 않았다. 2차 모집까지도 비슷한 형세였던지라 병역부터 마치자는 계산이 섰다.

　추첨을 거쳐 배정받은 보건지소는 시골이라는 말이 정확히 들어맞는 동네에 위치해 있었다. 지도를 펼쳐 면(面)

전체를 살피기로는 전답과 산이 차지하는 넓이가 마을의 서른 배는 되었다. 자연 보건소에 드나드는 이들은 대개가 노인이었고, 근무는 당혹의 연속이었다. 불편한 곳을 묻자 대뜸 삼십 년 전의 내력부터 읊는 경우가 있는가 하면 괜히 관사까지 와서 사생활을 훔쳐보려 하는 경우도 있었다. 그러나 가장 곤혹스러운 상대는 큰 병원에서 진찰을 받아 보라는 말에 격렬한 거부반응을 보이는 노인들이었다. 이 문제로 군(郡) 대표에게 상담한 적까지 있었다. 보건소에서 이 년째 근무 중인, 30대 초반의 공중보건의였다. 감정 섞인 불평을 가만히 듣던 대표가 불쑥 질문을 던졌다.

"최 선생님이 보기엔 그 노인들이 바보 같지요?"

"그렇다기보다는, 이해가 어려운 면이 있죠. 그 정도면 스스로도 몸이 망가졌다는 걸 느낄 텐데 기어코 스테로이드제나 받아 가려는 게 말입니다."

"그거는 본능이에요. 안정적인 상태를 유지하려는 특질, 즉 항상성은 사람 몸만이 아니라 정신에도 적용된다 이겁니다. 늙을수록 더더욱 그래요. 큰 병원에 간다면 수술을 마음먹어야 하지만 스테로이드제가 있으면 내일도 모레도 살던 대로 살 수 있지요."

"그러나 어쨌든 중병으로 병원에 가는 것은 마찬가지

아닙니까? 때가 언제냐, 얼마나 심각해졌느냐의 차이일 뿐이라고 봅니다만.”

대표가 세상 물정 모르는 어린애 대하듯 껄껄 웃었다.

“죽음이 가까워진다는 사실을 깨닫고 대처하는 과정은, 죽음 자체보다 두렵기 마련이에요. 아까 내가 바보라는 말을 썼지요. 이 두려움을 이기지 못 하면 어리석은 삶을 살게 됩니다.”

그때 민형은 인간이 성취하기 위해서가 아니라 퇴보하기 위해서도 전력을 다한다는 사실을 배웠고, 그 깨달음은 평생의 반면교사로 남았다. 무릇 인간은 살 가치가 있는 삶을 살아야 하며 이를 위해서는 수술을 두려워하지 않아야 했다. 수술이란 비단 신체만이 아니라 인생의 매 변곡점에 대한 것으로, 아파트를 매매할 것이냐 전세를 유지할 것이냐, 대출을 끌어 개원할 것이냐 봉직의 생활을 지속할 것이냐 하는 사안들이 그 일례였다.

그러나 핵심은 수술 자체가 필요 없는 환경을 갖추는 데 있었다. 담배가 반드시 폐암으로 직결되는 것은 아니라지만 폐를 절제하는 환자들은 대개 흡연자이기 마련이었다. 산업재해와 과로사와 빈곤에도 동등한 논리가 적용되었다. 사무실에서 여덟 시간 동안 타자를 두드리느냐, 공장에서 3교대 근무를 하느냐 하는 갈림길에는 문자 그대로의 평생이 달려 있었다.

물론 의사의 삶이란 생계 전선에 본격적으로 뛰어들기 전까지는 일방향으로만 흘렀으므로, 이 생각이 현실에 접붙기까지는 공보의 근무를 마치고서도 아홉 해가 더 걸렸다. 민형의 쌍둥이 딸이 초등학교에 입학한 날이었다. 강당 중앙에는 입학생들의 이름을 크게 써 붙인 간이의자들이 열과 오를 맞추어 도열해 있었다. 두 딸아이가 제자리에 앉은 것을 확인한 후 민형은 다른 학부모들과 함께 가장자리에 모여 섰다. 분명 '초등학교'라는 단어에는 어린이집이나 유치원과는 다른 느낌이 깃들어 있었다. 여기에 모인 일곱 살짜리들은 누군가의 아이가 아니라 한 명의 사람으로 발돋움하는 긴 여정을 시작한 참이었고, 초등학교는 그 낯선 세계의 초입이었다. 민형은 두 딸이 성인이 돼 학사모를 쓰는 미래를 이 순간에 겹쳐 보았다. 그리고 심장 뒤편에서 웅얼거리는 불안이 설렘과 긴장이라 믿으려 했다. 최소한 지금 곁에서 웅성거리는 사람들이 외계인이 아니라 자신과 같은 학부모라고, 누군가의 아버지고 어머니라고 믿으려 했다. 그러나 결국엔 집으로 돌아오자마자 이렇게 말할 수밖에 없었다.

"아무리 생각해도 서울에 아파트를 하나 사는 게 좋

을 것 같아. 개원보다는 그게 나아."

민형은 공중보건의 근무를 마친 후 본교 대학병원에서 정형외과 수련 과정을 밟았고, 이제는 지방 종합병원에서 봉직의로 이 년째 일하는 중이었다. 때때로 수도권의 인프라가 그리워졌지만 통장에 다달이 꽂히는 돈을 보면 불만이 싹 가셨다. 지방 병원일수록 의사를 붙잡기 위해 높은 급여를 책정하곤 했던 것이다. 그래도 사업자와 근로자는 느끼고 겪는 바가 다른 법인지라 줄곧 개원 생각만 하고 있었다. 아내, 채린은 뜨악한 기색을 감추지 않았다.

"저번 주까지 대출 알아보고 이거저거 공부하더니, 갑자기? 나한테도 어디 놀러 갈 때 그냥 돌아다니지 말고 동네 입지 꼼꼼히 살펴보라며 닦달을 그렇게 해 놓고는."

"오늘 입학식 갔잖아. 당신이 느끼기에는 분위기가 어땠어?"

"어린 애들인데 떠들지도 않고 가만히 앉아 있는 게 대견하고 귀엽더라. 담임선생님도 좋은 분 같고."

채린이 이렇게 말할 때마다 민형은 심장에 불덩이가 툭 얹히는 기분이었다. 성격이든 삶의 궤적이든 천양지차인 걸 감수하고 결정한 결혼이었지만 요새는 점점 더

참을 수가 없어졌다.

"내가 항상 말하지. 당신은 관찰력이라는 게 부족하다고. 관찰력이 도대체 무슨 능력인지 몰라서, 뭘 보라고 시키면 풍경이니 햇살이니 엉뚱한 것만 보고 오는 거야. 학부모들 차림새를 똑바로 봐. 단순히 옷 가격 이야기가 아니야. 하고 다니는 모양새, 말하는 방식, 그런 거에 초점을 맞추라고. 돌아오는 길에 고등학교 있었던 거 기억하지. 플래카드에 '○○대 전기공학과 합격'이라고 붙어 있던 거. 내가 공부를 엄청나게 잘한 편은 아니지만 ○○대에 갈 생각은 한 번도 한 적이 없단 말이야. 그런데 여기서는 그게 축하할 거리가 돼. 이 동네는 그런 동네고, 지연이랑 우연이가 앞으로 같이 놀아야 하는 애들이 바로 그런 애들이야. 알겠어?"

물론 이곳이 그런 동네라는 건 익히 알고 있었다. 의사와 환자, 혹은 서비스 업자와 고객이라는 관계로 인해 경각심이 무색해질 뿐이었다. 그러나 이제는 정말로 진지하게 고민할 때였다. 일찍이 예수가 이렇게 말하지 않았던가? 있는 자는 더 넉넉해지고 없는 자는 있는 것도 빼앗기리라. 민형은 두 딸이 깔끔하고 굴곡 없는 곳에서 인생을 시작하기를 바랐다. 물론 성장에는 적절한 역경이 필요하지만 그 역경이란 매일 밤 공부하며 자신

의 한계를 시험하는 식이어야지 질 낮은 친구들과 술을
마셔 대는 것일 수는 없었다.

"서울로 이사를 가자는 소리야?"

"당신이랑, 지연이랑, 우연이랑, 셋만. 잠깐 기러기 부
부 생활을 하자는 거지. 나는 여기서 돈 벌고 당신은 애
들 교육 전담하는 거야. 내가 올라가든 당신이 내려오
든 주말마다 볼 수 있을 테고, 힘들면 어머님한테 도와
달라 그래. 어차피 개원이라는 게 사업이고 도박인데 안
정성만 따지면 강남 부동산이 나아. 서울 부동산은 역
사적으로 불패였다는 거, 알지?"

투자는 성공적이었다. 두 딸은 빠르게 적응하더니 초
등학교 고학년부터는 매 시험에서 두각을 드러냈고, 강
남 아파트 시세 또한 급등했다. 떨어져 지낸 덕에 도리
어 부부 관계가 개선되기도 했다. 다만 아이들이 고등학
교 1학년 여름방학을 마친 직후, 아버지는 중풍으로 쓰
러지시고 채린마저 뜻밖의 사건으로 고인이 되면서 순
탄하게만 흐르던 계획이 어긋나기 시작했다.

두 딸은 어디든 함께 다니는 데다가 틀린 문제의 번호
마저 똑같을 만큼 죽이 잘 맞는 쌍둥이였다. 반항이라고
해서 예외일 리 없었다. 지연이 펜을 놓고 밖으로 나돌
기 시작하자 우연도 따라 했고, 그 둘이 정신을 차렸을

때는 늦고 말았다. 원래는 여느 의사 자녀들처럼 잘 관리된 생활기록부를 쥐고 의대 수시 모집에 지원할 작정이었는데 그 꽃놀이패가 죽어 버린 것이다. 어쩔 수 없이 수능으로 방향을 틀었지만 메디컬 합격선에 간당간당하게 못 미치는 점수가 나왔다. 운이 좋으면 지방 약대나 수의대쯤은 노려볼 수 있겠으나 딱 거기까지였다. 재수에서도, 3수에서도 비슷한 결과가 나왔다. 그렇게 4수를 시키는 순간 민형은 자신의 꼬락서니가 오래전의 그 노인들 같지 않은가 생각했다.

현실을 붙잡는 대신 무한히 이연시키는 방식으로 삶을 지탱하는 사람들, 수술을 감내할 바에는 죽고 마는 사람들이 있었다. 그들을 이해할 수 없었던 시절이 차라리 나았다. 그 고민과 불행을 지탱한 것은 역설적이게도 넉넉한 수입이었다. 쌍둥이의 입시 비용은 물론이고 아버지의 병원비와 치매 걸린 어머니를 요양병원에 모시는 돈까지가 모두 민형의 통장에서 나갔다. 그러고서도 충분한 돈이 남았다. 덕분에 가끔은 평안한 매일 매일이 수술실에서 보는 피고름보다 끔찍하게 느껴졌다. 워낙 쪼들리는 까닭에, 돈을 낼 필요도 없이 병문안을 가는 것만으로 자식 된 도리를 다할 수 있는 형제들이 부럽기도 했다.

그래서인가 아버지께서 돌아가시고 어머니의 부고까지 날아들었을 때 민형이 가장 먼저 느낀 감정은 홀가분함이었다. 그때 우연은 그의 모교 치대―애당초의 목표와는 어긋났지만, 길었던 수험생활을 감안하면 비교적 짧은 수련 기간은 상당한 어드밴티지였다. 그리고 본교였다―에 합격했고, 지연은 수학 과목을 통째로 밀려 쓴 까닭에 5수에 도전하는 중이었다.

1 어두운 그림자

　다른 친척들은 평생토록 고향에만 머물렀으나 민형의 아버지는 중학교부터 유학했다. 조부의 기대를 몰아받은 장남으로서 유일하게 대학을 나와 서울 사람이 된 것이다. 그러나 고향은 누구에게나 각별한 법인지라 묏자리는 집안 선산에 잡았고, 따라서 어머니도 곁에 안장하기로 이야기가 되었다.

　서울에서 아침 일찍 화장을 마친 뒤 유골함을 가지고 합천으로 내려가니 11시가 살짝 넘었다. 매장을 끝내고 느지막한 점심을 먹기에 알맞은 시간이었다. 그러나 친척 어르신들은 일을 마치자마자 수고비만 받아 챙기더니 뿔뿔이 흩어졌다. 민형으로서도 반가운 일이었다. 식사 대접이야 체면치레로 들먹인 말일 뿐 진심은 일절 없었던 것이다. 민형은 그들이 어머니를 서울 여편네라고 부르곤 했던 것을 기억했다. 마찬가지로 아버지는 서울 놈일 수밖에 없었고, 그들의 가족은 오직 그들뿐이었다.

"살아오면서 겪기로는, 인간이라는 게 원체 매몰찬 구석이 있어. 옆에 있으면 가족이구나 하는데 저 멀리 살면서 돈만 보내오면 고마운 마음 가지기가 어렵지. 포클레인 업체 알아보고 잡일 도와주신 것만 해도 어딘가. 비록 트러블이 있긴 했다만 그것도 벌써 오래전이고……."

"그래도 웃어른씩이나 돼서 태도가 좀 그래요. 인간들이 그 나이 먹고 양심이 있어야지. 내가 최씨 집안 일에 상관할 바야 아니지만 나는 할아버님 돌아가셨을 때 학을 뗐어. 그게 세어 보면 이십 년쯤 더 된 일인데 지금 생각해도 열불이 나네. 그 아파트가, 기본적으로 아버님께서 큰맘 먹고 드린 거잖아. 월세 받아서 용돈 하시고, 병원비 나갈 일 생기면 처분해서 쓰시라고."

근처 고깃집에 테이블을 잡고 주문을 마친 직후였다. 맏형, 민석이 넌지시 운을 떼자마자 옆에 앉은 형수가 말을 받았다. 민형의 쌍둥이 동생이자 막내인 민호도 조용히 고개를 끄덕이는 걸 보면 다들 조부상을 치를 적의 일이 마음에 얹힌 모양이었다. 유언장 하나 남기지 않은 죽음이었다. 망자의 뜻을 논하자면, 저 밭을 작은 고모에게 주겠다느니, 그게 아니라 막내 고모의 몫이라느니, 혹은 도의적으로 첩의 아들에게 주겠다느니 하는 공수표만 수십 장이었다. 임야와 전답이야 친척들끼리 가까스로 합의를 보았지만 아버지가 할아버지에게 안겨 준 서울 아파트의 배분이 문제가 되었다. 명목만 따지면 처음부터 아버지의 몫이었으니 아버지가 물려받는 것이 옳았다. 그러나 집안 밭 팔아서 혼자 대학 나온 인간이 욕심을 부린다느니 하는 말이 사방에서 쏟아지자 아버지는 백기를 들고 말았다.

"사실 끝까지 싸우기로 마음먹으면 얼마든 가져올 수 있었던 아파트인데, 집안 인간들이 죄다 선비 같아서⋯⋯ 내가 그때 답답해서 죽으려 했던 거 알죠. 형수님은 이 기분 이해하실 겁니다."

민형이 한마디 하자 형수가 맞장구를 쳤다.

"큰서방님은 최씨 집안 남자들 중에선 남다르죠. 도련님이랑 얼굴은 똑같은데 알맹이가 어쩜 그렇게 다른가 몰라. 하여간 사람이 딱 떨어지는 맛이 있어야지 우리 남편은 귀도 얇고 영 물러서. 우혁이도 이 양반이 외동아들이라고 오냐오냐 하다가 그렇게 된 거잖아요. 정신 똑바로 박힌 사람만 고생하는 세상이지."

형수의 깔깔거리는 웃음소리에 뼈가 박혀 있었다. 지금은 사정이 나아지면서 얼굴이 폈지만 그간 마음고생이 많았던 사람이다. 남편은 후배 말만 듣고 투자에 나섰다가 평생 모아 온 돈을 날려 버리고, 아들은 서른이 넘도록 도박판을 전전하면서 남은 살림까지 축내던 차였다. 물론 그 과정에서 민형이 보게 된 손해도 상당했다. 민석이 형수 몰래 우혁에게 5,000만 원을 내주었다가 들켜서 경을 쳤다느니, 살던 집을 처분했다느니 하는 소식만 연잇는 판에 어머니 병원비를 갹출하자는 말을 꺼낼 수가 없었던 것이다. 민형은 옆 테이블에 앉은 조카 녀석을 힐끔 보았다. 우는지 웃는지 모를 표정으로 실실거리는 꼴이 한심했다. 한마디 하려는 찰나 민호가 먼저 주도권을 잡았다.

　"그래도 천성에 어긋나는 일을 하면 탈이 난다지 않습니까. 싸우는 것도 다 심리가 받쳐 줘야 하는 일이고…… 심정적으로는 밉긴 한데, 친척 어른이니까 좋게 봐야지 하면 이해가 가는 면이 있기도 해요. 고향에 남으신 분들 입장에서는, 서울로 나가 출세할 기회도 없었다는 느낌이겠죠."

　"굳이 그 인간들 사정 봐 줄 게 뭐 있어. 돈 문제에서 좋게 좋게 가자고 하는 놈이 제일 나쁘다는 게 내 생각이야. 그런 말들 다 들어주면 되는 일이 없거든."

"하여간 난 우리끼리는 안 다퉜으면 좋겠어요. 피 섞인 가족이라는 건 그런 거니까."

민호의 천연덕스러운 대답에 민형은 찬물을 들이켰다. 이런 대화를 주고받을 때마다 그는 거울상이 제멋대로 움직이는 광경을 목도한 것만큼이나 소름끼치는 감각에 사로잡혔다. 형수의 촌평처럼 겉모습만 똑같고 알맹이는 정반대인 둘이었다. 성격뿐만이 아니라 삶의 궤적까지도 그랬다. 민형이 의사로서 두 딸을 길러 내는 동안 민호는 아버지에게 5,000만 원을 우려서 술집을 차렸다. 게다가 어머니가 유언장 써 두는 것을 막기까지 했다. 아버지가 돌아가신 후로 부쩍 기억력이 나빠지신 것을 보고, "미리 상속 배분을 정해 두는 편이 낫지 않겠느냐"며 언질을 주자 "몸이든 마음이든 편찮으신데 괜히 돈 문제로 닦달하지 말자"는 답이 돌아왔던 것이다. 사람 좋은 척하면서 잇속을 챙기는 일에 이골이 난 놈이었다. 그 이득의 명세를 물고 늘어질수록 문제를 제기하는 쪽이 추해진다는 점에서 더더욱 악질적이었다. 이 자식이 생활비도 제대로 안 벌린다는 핑계로 병원비 부담을 피해 온 게 몇 해였던가. 입을 다문 채 속으로 분을 삭이고 있노라니 민석이 다른 주제를 화두에 올렸다.

"하기야 피 섞인 가족이라는 게 중요한 거더라고. 일단 한 번은 더 믿어 주게 된다는 것이 그래. 그 딱 한 번을 남이 붙잡아 주느냐 아니냐로 사람 인생이 갈리곤 하잖아. 우혁이 녀석도 이젠 정신을 차렸거든. 회생 기간이야 한참 남았다만, 멀쩡히 돈 벌어서 나한테 용돈도 준단 말이야. 인간이 끝 간 데까지 갔다 싶어도 마음만 먹으면 계속 살아지는 것이더만……."

민석이든 민형이든 자식 이야기를 꺼리게 된 지 십 년에 가까워 갔다. 먼저는 우혁의 처지로 인해 딸 자랑을 할 수가 없었고, 몇 해가 흐른 뒤부터는 민형에게도 그럴 여유가 사라지고 말았다. 피차 입을 다무는 게 편한 주제였다. 그 불문율을 민석이 먼저 깨다니 뜻밖이었다. 성격상 그간 깎여 나간 자존심을 만회할 의도는 아니라고 생각했으나 그렇다고 해서 위로의 기능이 있지도 않았다. 우연은 대학에 붙었고 지연은 5수생이 된 상황을 생각하면 도리어 모욕으로 느껴지기까지 했다. 수능에 다섯 번이나 도전하고 있을지라도 아직 20대 초반이다. 서른다섯이 돼서야 겨우 정신을 차린 탕아에 비하면 앞날이 눈부실 만큼 창창한 것이다.

"이 녀석이 평생 그렇게 살아 놓아서 무슨 일로 밥을 벌어먹으려나 싶었는데, 그래도 대학 간판이 좋으니 써

먹을 데가 있어. 학원에서 선생님 소리를 듣는단 말이야. 우혁아, 작년에 애들 대학 많이 보냈다지 않았냐. 우연이랑 지연이한테 팁 좀 줘라."

그 말에 우혁의 얼굴이 부쩍 창백해졌다. 대답을 미루면서 이곳저곳을 두리번거리는 것이, 느닷없이 날아온 불똥을 누군가 대신 맞아 주길 비는 모양새였다. 그게 더 괘씸해서 민형은 입을 다물었다. 우연과 지연도 심드렁한 표정으로 휴대폰만 만지작거리는 중이었다.

"아이, 아버지…… 저는 논술 강의 뛰어서 지연이 가르칠 건 없고요……."

"그러니까 요즘은 논술이 조커 카드라면서? 이야기 들어 보니까 후배 딸도 논술로 의대에 갔더라고. 챗GPT다 뭐다, 인공지능이 사람보다 똑똑한 시대라지만 그래도 글솜씨라는 게 소용이 있긴 한 모양이야."

"같은 논술이라도 문과랑 이과랑 시험이 아예 달라요. 하나는 글쓰기 시험이고 다른 하나는 수학 시험이란 말이야. 그리고 우연이는 치대 붙어서 다니는 중이에요."

형수의 핀잔에 민석의 눈이 휘둥그레졌다.

"그래?"

"서방님, 미안해요. 우리 영감쟁이가 그 기본적인 상식을 몰라가지고. 자기 일 말고는 아무것도 모르는 양반이야. 우혁이 대학 보낼 때도 고생은 내가 혼자 다 했어."

"그래도 우연이가 합격했으니 내년에는 지연이도 붙겠지. 둘이 어디든 같이 갔는데 안 그런가. 지금도 같은 옷으로 차려입고 있으니 누가 누군지 못 알아보겠구먼. 얘들아, 누가 지연이고 누가 우연이냐?"

"이 영감쟁이가 정말. 정신머리가 이렇게나 없으니 그 인간 말에 홀랑 넘어가지."

형수가 보란 듯이 팔꿈치로 민석의 옆구리를 찌르더니 화제를 돌렸다. 때마침 숯불과 고기가 테이블에 깔리면서 대화의 흐름이 끊어지기도 했다. 실패한 비상장회사 투자와, 날아간 아파트와, 사태를 수습하기 위한 형수의 노력이 호메로스의 대서사시처럼 펼쳐지는 와중 민석은 노역하듯 고기를 구웠다. 아이들끼리 앉은 테이블에서도 우혁이 집게를 쥔 것을 보니 부전자전이었다. 그러나 일장연설의 약효는 길지 않았다.

"맨 고기만 먹으려니 아쉬운데, 반주 살짝 곁들이지."

"당신이 술 마시면 운전은 누가 해요?"

"우혁이가 하면 되지. 아니면 어, 숙소 잡아서 하루 묵어도 좋고. 민형이야 내일 아침에 수술 일정 잡혔다니까 오늘 중으로는 올라가야겠다만, 민호는 밤에 가게 여니까 괜찮지?"

"저야 이틀이든 열흘이든 문제없죠. 업장 정리한 지 좀 되었습니다. 상권이 죽은 지 오래된 동네라서 단골 여럿 끼고도 영업이 간당간당했는데, 계엄으로 직격탄을 맞았어요. 몇 달 더 끌어 보긴 했는데 못 버티겠더라고요. 정치적 성향을 떠나서, 소비심리 위축이라는 게 신문 경제면에만 국한된 개념이 아니지 않습니까."

"뭐, 여섯 시간짜리 계엄이라는 게 그렇게 큰가?"

"자영업자 입장에서는요. 그 하루만이 아니라 눈덩이 구르듯 장기적으로 쌓이는 것들이……."

정치와 경제가 화두에 오르자 도리어 속이 편했다. 그러나 우연과 지연이 고기를 먹는 둥 마는 둥 하더니 산책을 하겠다며 나간 걸 보면 이러나저러나 아이들에게는 불편한 자리임이 분명했다. 어차피 장례 비용과 유산 배분 관련으로 어른들끼리 나눌 이야기가 있었으니 잘 된 셈이었다. 한편 민호가 자기 가게 이야기를 늘어놓는 것이 불길하게 느껴지기도 했다. 민형은 어떤 식으로 논의를 시작해야 주도권을 잡을 수 있을까 고민해 보았다. 이 문제에서만큼은 형수조차 아군이 되어 주지 못했다.

민형이 어머니에게 유언장을 미리 써 두시라 채근한 것은 조부상 때의 상황이 재연될 가능성 때문이었다. 일시적인 것일 수도 있으니 한 달만 지켜보자던 민호의 말에 고개를 끄덕이지만 않았더라면 골든타임을 놓칠 일이 없었을 것이다. 민호 놈이 그 사실을 기억하고나 있는지 의문이었다.

덕분에 인제 어머니가 남긴 아파트를 두고 형제끼리 다툴 때가 왔다. 지분 전체를 주장할 수야 없겠으나 지금껏 나간 돈을 생각하면 6할 이상은 받아야겠다는 것이 민형의 생각이었다. 전초전 삼아 조의금 이야기를 늘어놓던 와중 왜인지 이상한 느낌이 민형을 사로잡았다. 휴대폰을 확인하자 부재중 전화가 세 통 와 있었다. 지연이었다. 무슨 일이라도 생겼나 싶어 전화를 걸었지만 연결 대기음만 계속되었다. 상단 바를 내려 보니 메시지가 여럿 와 있었다.

[최지연][오후 1:58] 아빠

[최지연][오후 1:59] 우리 지금 산이야

[최지연][오후 1:59] 꼭대기 근처

[최지연][오후 2:01] 전화 받아

무슨 상황인가 가늠해 보고 있노라니 민호가 불쑥 입을 열었다.

"꼭대기까지 올라가려다가 길 잃은 거 아닌가? 봉분 있는 곳까지만 길이 뚫려 있고, 조금만 더 깊이 들어가면 산세가 부쩍 험해지니까 말이야. 그래도 전파가 끊기진 않을 텐데. 제자리에 가만히 있으라고 메시지 보내두고, 찾으러 갑시다."

"내가 다녀오지, 뭐. 너는 형님이랑 둘이서 의견 정리하고나 있어."

"혹시 모르는 게, 형은 시간이 없으니까 벌초를 보통 내가 하잖아. 접때 멧돼지가 아버지 봉분을 파헤쳐서 보수한 적이 있었는데……."

"애들이 멧돼지라도 만났단 말이야?"

"반드시 그렇다는 건 아니지만 만에 하나를 대비하려면 둘은 가는 게 좋겠다는 거요."

"재수 없는 소리를. 정말 멧돼지가 나온 거라면 다칠 사람이라도 줄여야지. 관둬."

민형은 민호를 주저앉히고 홀로 시멘트 길을 따라 걷기 시작했다. 돈 생각이 뚝 멎더니 장례식장에서 본 모습들이 뇌리에 쿵쿵거렸다. 자신에게는 서먹서먹하게 굴면서 민호 놈에게는 농담을 던지는 두 딸도, 남의 딸을 두고 자기가 먼저 나서려는 민호 놈도 꼴사나웠다. 꼴사납고 언짢았다. 그리고 두려웠다. 거울을 상대로 주먹을 내는데 왜인지 거울 속에는 보자기가 펼쳐져 있을 때의 기분.

즉, 문제의 핵심은 민형이 언제나 지고 빼앗기는 쪽이거니와 그로 인한 상실이 언어나 숫자로는 온전히 표현될 수 없다는 데에 있었다. 이 자식은 술집 사장이고 자신은 의사다. 이 자식은 실실대며 멋들어진 말이나 늘어놓다가 일을 다 망쳐 버렸고 자신은 부모님의 병원비를 다 댔다. 그걸 근거 삼아 아파트 지분을 주장하면 민호 놈도 할 말이 없을 것이다. 그러나 두 딸이 종종 민호의 칵테일 바에 가서 놀고 있으리라 생각하면, 확인한 적은 없었지만 그런 상상을 하면, 그리고 확인하지 않는 이유는 오직 추측이 사실로 돌변하는 사태를 막기 위해서임을 되새기면, 눈 밑에서 불꽃이 튀었다. 둘이 칵테일을 사는 돈은 민형이 준 용돈에서 나왔을 것이며 따라서 민형의 돈이었다. 형이 비용을 치르면 동생이 인망을 얻는다니 얼마나 불합리한가? 얼마나 이상한가?

돈이란 기묘한 물질이었다. 정체 모를 방식으로 번식하는 생명체였다. 어떤 돈은 사랑이나 인망 따위를 낳지만 어떤 돈은 또 다른 돈만을 낳았다. 최종적인 목적지를 결여한 상태로 자기증식을 거듭한 끝에 무너지고 마는 프랙털 구조처럼……. 실패가 자신의 성격 탓이라 자책하던 시절도 있었으나 민형은 어느 순간부터 동생에게 책임을 돌렸다. 길게 생각할 것 없이, 자본의 소유자와 그 수혜자가 나뉘는 상황은 흔했다.

언제였던가 사업가와 목사가 나오는 영화를 본 적이 있었다. 사업가는 사람 좋은 척 목사와 어울리다가, 때를 노려 목사의 땅 밑에 송유관을 간다. 석유가, 지표면에서는 도통 위치와 양을 헤아릴 수 없지만 그 무엇보다도 귀한 액체가 쭉쭉 빨려 나간다—신록이 짙푸르며 태양은 타오르듯 밝은 와중에도 그런 일이 일어난다. 사업가의 대사. 자네가 밀크셰이크를 가지고 있다 쳐. 그리고 이 손가락이 빨대야. 내 빨대는 이이이이이이이이만큼 길어서 방 반대편에서도 자네 밀크셰이크를 마실 수 있다고. 내가 다 마셔 버렸단 말이야.

내 빨대는 이이이이이이이이만큼 길어서…….

목사도 순진하기만 한 사람은 아니었다. 사업가의 대척점에 있을 뿐 또 다른 악역이었다. 그러나 민형은, 그 장면에서만큼은 목사에게 온전히 이입했다. 빨대를 가지지 않았거니와 그걸 마련할 방법조차 모른다는 것이 그의 불행이었다. 작년 수능 성적표가 배부된 후로는 딸도 똑같은 불행에 사로잡히지 않을까 하는 걱정이 더해졌다. 우연은 완벽에 가까운 성적을 얻어 내고 지연은 수학에서 7등급을 받음으로써, 거의 하나인 듯 겹쳐지던 두 삶이 단번에 나뉘었다. 이제 밀크셰이크를 쥔 쪽이 누구인지가 자명해졌다. 아니다. 사실 이 구도는 3수마저 실패로 돌아갔을 때부터 예고돼 있었다. 일 년만 더 해 보라는 말에 우연은 선뜻 고개를 끄덕였지만 지연은 흐리멍덩한 태도로 예, 예, 예만 거듭했던 것이다. 그 사소한 태도 차이에 미래가 담긴다는 사실은 신비스러운 공포다.

여름인지라 가뜩이나 더운 판에 속에서까지 열불이 끓어오르니 고역이었다. 산 중턱에 이르고부터는 식당에서 챙겨 나온 생수도 바닥을 드러냈다. 그늘을 따라 걸으며 간간이 전화를 걸던 민형은 문득 삭막한 연결대기음에 낯익은 노랫소리가 섞이는 것을 깨닫고 멈췄다. 산세가 한층 험해지면서 길이 층계참처럼 접히듯 갈리는 자리였다. 위쪽 길은 산꼭대기까지 곧장 이어졌지만 워낙 가파른 까닭에 완등은 불가능한 셈 치고 있었다. 그러나 소리가 들려오는 방향으로 판단하건대 꼭대기까지 가야 할 모양이었다. 나뭇가지든 돌부리든 손에 잡히는 것이라면 뭐든 난간 삼아 올라가다 보니 길쭉한 그림자가 발치에 와 닿았다. 민형은 고개를 들어 그림자의 주인을 확인했고, 가만히 물었다.

"지연이냐."

손 안의 휴대폰은 지연에게 전화를 거는 중이고, 스무 발짝 앞의 여자애는 전화벨이 울리는 휴대폰을 들고 있으니까 지연이 맞을 것이다. 그러나 미동도 없이 빤히 자신을 내려다보는 여자애의 모습은 낯설기만 했다. 집요하도록 번쩍이는 눈만 남기고 다른 이목구비를 모두 지워 낸 듯한 표정이었다. 곧 우연이가 보이지 않는다는 데에 생각이 미쳤다. 우연의 번호로 전화를 걸자 저 아래에서 똑같은 노랫소리가 울리기 시작했다. 작지만 날카로운 음색이었다. 민형은 곧장 뒤를 돌아 길이 갈라지는 자리까지, 더 내려가 우연이 있는 곳까지 내달렸다. 자세히 살필 것도 없이 즉사였다. 민형은 멍한 기분으로 천천히 고개를 들었다. 나뭇잎 틈을 통과한 햇빛 조각들이 비탈을 따라 미끄러지고 있었다. 미끄러지면서 흙과 섞였다. 아지랑이가 피어오르듯 발밑이 울렁거렸다. 이미 끊긴 지 오래인 팝송 비트가 귓전에서 되살아나더니 곧 부스러졌다. 저 위에서 또다시 자신을 내려다보는 새까만 두 눈. 돌이키건대 그 눈은 진작부터 민형의 집에 와 있었다.

채린의 죽음을 계기 삼아 서울 집으로 옮아가긴 했지만, 떨어져 지낸 기간이 워낙 길었던지라 두 딸과의 거리는 쉽게 좁혀지지 않았다. 하릴없이 길어진 장수생 생활도 악영향을 미쳤을 것이다. 그러다가 우연이 대학에 합격하면서 공통분모가 생겼고, 반대급부로 지연과는 더더욱 멀어졌다. 아버지로서 형평을 갖춰야 한다고는 생각했으나 목석처럼 앉은 애를 앞에 두고 이야깃거리를 끌어오는 것도 여간 어려운 일이 아니었다. 어느 순간부터는 반쯤 포기한 상태로 지연을 대했던 것 같다. 그래도 이런 감정에까지 솔직해질 필요는 없다는 생각에 입을 다물었는데, 지연이 먼저 민감한 주제를 건드렸다. 두어 달쯤 전, 괜찮은 초밥집에서 가족 외식을 하던 중이었다.

아빠.

오냐.

우연이랑 나랑 뭐가 달라?

그게 갑자기 무슨 소리니.

뭐가 달라서 나한테는 아무것도 안 묻고 우연이랑만 얘기하냐고. 쟤가 마킹 밀려 쓰고 내가 붙을 수도 있었던 거잖아. 메디컬만 붙으면 되고, 안 붙으면 아무것도 아니야?

올해 잘하면 된다고 했다. 뭐든 일단 잘하고 봐야 돼. 잘만 하면 뭐라 하는 사람 아무도 없어.

수능 잘 봤다고 잘해 주는 게, 못 봤으면 로봇청소기 보듯 하는 게, 그게 딸 대하는 태도야?

최지연, 아빠가 항상 말했다. 주장을 내세우고 싶으면 자기 할 일부터 똑바로 해라. 집에 가서 이야기하자.

속상한 기분을 이해하고 넘길 만한 상황이었는데도 단호한 대답이 튀어나간 건 지연이 우연의 동생인 까닭이었다. 뒤늦게나마 생각하기로는 그랬다. 민형이 간과한 사실은 용수철을 강하게 내리누를수록 반동도 그만큼 강해진다는 것이었다. 지연이 큰 소리로 바락바락 외치기 시작했다. 아빠는 근데 나랑 우연이를 구분하긴 해? 둘이 뭐가 얼마나, 어떻게 다른지는 알아? 아빠 머릿속에는 나랑 우연이가 있는 게 아니라, 의대 붙은 애랑 아닌 애만 있지? 맞지? 외침이 끝나자마자 칸막이 너머 손님들이 수저를 내려놓는 소리마저 들릴 만큼 큰 정적이 이어졌다. 민형의 대답은 짧았다.

"최지연!"

그 외침이 기억으로부터 곧장 끌려 나왔다. 민형은 왔던 길을 다시 돌아가다가 그냥 돌부리를 붙잡고 비탈을 기어오르기 시작했다. 윗길과 아랫길 사이에 놓인 비탈은 벽처럼 느껴질 정도로 수직에 가깝게 꺾여 있었다. 달리는 것보다 빠른 속도로 올라가면서도 이게 어떻게 가능한지 놀라울 지경이었다. 인생은 정말이지 신비의 연속이었고, 공포의 연속이었으며, 신비로운 공포의 연속이었다. 그 모든 노력이 가끔은 이런 식으로 끝장나 버린다는 것이…… 아니다. 아직은 끝이 아니었다. 보건지소에서 근무하며 종종 시체검안서 작성을 맡았던 경험이 판단을 도왔다. 신원이 확실하고 타살을 의심할 여지가 없으면 지문 채취 과정이 생략되었다. 그렇다면 휴대폰은 어떻지? 잘은 모르겠으나 이 자리에서 회선 명의를 확인하지는 않을 게 분명했다.

윗길로 돌아왔을 때 민형의 손바닥 껍질은 온통 까져 있었다. 속살에서 배어 나온 피에 흙과 잔가지가 달라붙으면서 가죽 같은 껍질을 이뤘다. 가만히 서 있는 지연을 후려갈기자 흙뭉치가 후드득 떨어졌다. 민형은 심호흡했다. 그리고 발끝으로 덩어리를 눌러 뭉개면서 손등으로는 지연의 뺨에 묻은 먼지를 쓸었다.

"네가 날 미워하는 건 이해하고 왜 그랬는지도 알겠다. 그러니까 최지연, 아니, 최우연, 딸과 아버지가 아니라 인간 대 인간으로 이야기하자. 살인자가 되느냐 전문직으로 살아가느냐는 네 선택이지만, 인간이라면 뭘

고를지가 명백하다고 믿는다. 그러니 119를 부르기 전에 지금 상황부터 이해해 보기로 하자. 지연이는 5수씩이나 하고 있어서 심란하고, 할머니까지 돌아가셔서 죽음을 생각할 수밖에 없었는데, 점심을 먹다가 비교당해서 홧김에 뛰어내린 거다. 그리고 뛰어내리기 전에는 나한테 사과를 듣고 싶어서 전화를 걸었지만 내가 받지를 않았다. 그렇지?"

활로는 유일했으며 지연의 대답 또한 명료했다.

"응."

2 시간 벌기

"그러면 휴대폰 줘 봐라."

이제부터 지연 명의의 회선은 없는 셈 쳐야 했다. 괜히 휴대폰을 만지작거리다가 사용 기록이 남으면 일이 곤란해졌다. 지연은 잠시 머뭇거리더니 시킨 대로 했다. 민형은 휴대폰 케이스를 벗긴 다음 바위에 대고 네댓 차례 강하게 내리쳤다. 화면이 경련을 일으키듯 쨍한 빛을 발하더니 제조사 로고를 띄웠고, 이내 완전히 캄캄해졌다. 그는 지연이 휴대폰을 받아 주머니에 챙기는 것까지 확인한 후 당초의 논제로 돌아갔다.

"하여간 처음부터 다시 시작해 보자. 지연이는 뛰어내리기 전에 나한테 사과를 받아 보려 했다. 만약 내가 사과하고 가만히 달래 주었더라면 극단적인 선택은 하지 않았을지도 모르지. 두 번이나 통화를 시도했지만 응답이 없었다. 마지막으로 메시지를 보낸 시각은 2시 1분이고, 내가 세 번째 전화까지 받지 않자 그만 뛰어내렸다. 우연이는 무섭고 당황스러워서 굳어 있었고, 지연이는 당연히 전화를 못 받았다. 그래서 둘의 휴대폰에는 부재중 전화가 여럿 찍혀 있다. 이것도 옳지?"

"응."

"그러면 지연이가 처음에 꼭대기까지 올라가려 한 이유는 뭐고, 그동안 우연이는 무슨 생각을 했어?"

"그냥 내가 끝까지 가 보자고 했어. 답답하고 짜증나서. 별 생각 없었어. 이렇게 될 줄 몰랐어."

민형은 지연의 뺨을 한 차례 더 후려갈겼다. 지연은 아랫입술을 지그시 깨물더니 조용히 흐느끼기 시작했다. 민형은 내심 안도했다. 이 여자애는 미리 눈물자국을 만들어 둘 필요가 있었다. 그는 울음이 한 차례 지나갔다가 멎을 때까지 기다렸다.

"다시 묻는다. 최우연, 지연이가 꼭대기까지 올라가려 한 이유는 뭐야? 우연이는 뭘 느꼈어?"

"걔가 나한테 답답하니까 끝까지 가 보자고 그러더라고. 꼭대기까지 올라가서 소리라도 질러 봐야 살 것 같다면서. 나도 걔 마음 이해하니까, 무슨 생각인지 아니까 그냥 따라갔어. 내가 일 년 더 해야 하는 상황이라면 차라리 죽어 버릴 거 같아서. 그런데 진짜 그럴 줄은 몰랐고, 이쪽 길이 절벽처럼 가파른지도 몰랐어."

"그리고?"

"그리고 뭐? 뭐가 더 필요해서 자꾸 물어?"

지연은 다시금 울기 시작했다. 고함지르는 듯하기도 했다. 밭은 숨 사이사이에 섞여 들리는, 혀에서 만들어지는 것이 아니라 배 속 깊은 곳으로부터 기어오르는, 머리가 아니라 위장이 만들어 내는, 까닭 없이 칭얼거리는 젖먹이들이나 낼 법한 아 아 아 소리. 민형은 그렇게나 염치없는 종류의 눈물 앞에서는 뭘 잘했다고 우느냐는 질책마저 궁색해진다는 사실을 깨달았다. 그런 꾸짖음은 항변의 여지를 선제적으로 타격함으로써 일말의 억울함과 수치심을 자극하는 데 그 의의가 있는 것이다. 다만 뻔뻔함에도 그 나름의 쓸모가 있기 마련이라는 것은 부정할 수 없는 사실이었다. 그는 울음소리가 자연스레 섞여 들리도록 휴대폰 마이크 방향을 조정한 뒤 민석에게 전화를 걸었다. 형님, 그러니까, 하는 말로 운을 떼고 한참을 머뭇거리자 저쪽에서도 이상한 기미를 눈치챘다.

"내려올 때가 되었는데 한참 안 와서 걱정하고 있었

다. 혹시 무슨 일이라도 생긴 거냐."

"예, 지연이가…… 뭐라고 말해야 할지 모르겠습니다. 지연이가 스트레스가 많은 건 알았죠. 안다고 생각했는데 사실은 몰랐나 봅니다. 그러니까 이게 내 책임이라는 건 알아요. 하여간, 그런데……."

민형은 말끝을 흐렸다. 침묵이 길었다.

"알았으니 더 이야기할 것 없어. 민형이 너는 나쁜 생각 말고 우연이 잘 추슬러. 우리가 구급차 불러서 올라갈 테니. 아니, 산이니 차를 끌고 갈 수는 없을 테고, 경찰도 불러야 하려나……."

"지금 구급대가 해 줄 수 있는 일이 없어요. 그냥 경찰을 부르면 되긴 합니다. 상황 설명하면 저쪽에서 적절히 연계해 줄 텐데…… 상황이…… 부탁드리겠습니다."

그렇게 통화를 마치자마자 질문이 날아들었다.

"아빠는 이게 누구 책임이라고 생각해?"

"네 책임이지."

이제는 뺨을 올려붙이며 다그치는 것조차 지연에게는 과분한 배려처럼 느껴졌다. 민형은 왼쪽 주머니에서 전자담배를 꺼낸 뒤 그늘가의 바위에 걸터앉았다. 니코틴을 빨아들이고 나니 자욱한 연무에도 시야가 도리어 또렷해졌다. 고저와 원근의 차가 빚어내는 투사도법의

마술 속에서 건물과 밭들은 큐비즘 풍경화의 각 부분만큼이나 순수한 색채 덩어리로 변해 갔다.

대상을 오른쪽에서 본 모습과 왼쪽에서 본 모습을 하나의 화폭 안에 접붙임으로써 다성성을 구현하겠다는 기획은 민형에게 미묘한 수수께끼로 다가오곤 했다. 피카소의 그림이 그 명성에 비할 정도인가 하는 통속적인 의심에서부터, 무식자의 줏대를 세워도 될 부분에서마저 평단의 인정을 의식하고 마는 허위의식까지가 그 수수께끼를 구성했다.

뒤늦게나마 깨닫기로는, 피카소의 명성은 빛과 상(像)의 역설을 구현함으로써 세상의 본질마저 간파한 데에서 기인하는 듯했다. 쌍둥이든 가족이든 간에 애매한 동질성을 공유하는 관계는 그 동질성으로 인해 서로의 우열을 더욱 쉽게 포착했으며, 따라서 그들의 결합은 쓸모를 약탈당하는 측과 약탈하는 측으로 나뉘곤 했다. 그리고 이제 자신은 지연을 도와 최종적인 약탈을 완성시키려 하고 있었다. 마음을 가라앉히기 위해서는 역설적이게도 그 딸에게 별다른 결격 사유가 없다는 사실을 곱씹어야만 했다. OMR 카드를 밀려 적는 것 따위는 인생 전체로 보면 사소한 실수에 불과했고, 줄곧 합격 커트라인에 못 미쳤다지만 고작해야 문제 서너 개 차이였다. 고작해야 그 서너 개 차이로 대학 공부를 따라잡지 못 할 리 없었다.

분명히 우연과 지연은 다른 점이 거의 없었다…….

그러나 여전히 달랐다.

"최민형 선생님! 최민형 선생님!"

저 멀리에서부터 외침소리가 들려왔다. 그는 마음의 준비를 마치며, 우연이 지연을 죽인 상황이었더라면 기분이 나았을까 생각해 봤다. 아마도 그랬으리라는 생각이 떠오르더니 곧 이러나저러나 상관없다는 쪽으로 기울어 갔다. 이름은 껍데기이며 본질은 그 총체성 안에 있다. 사랑할 만큼 가치로운 것, 사람들과의 관계 속에서 구체화되는 것, 누군가에게는 학생이라 불리고 누군가에게는 딸이라 불림으로써 비로소 그 존재를 얻는 것. 귀중한 관계를 남길 수만 있다면 민형은 관계의 구심점에 자리 잡은 존재가 지연이든 우연이든 상관하지 않으려 했고, 여기에 서 있는 여자애가 바로 그 소중한 딸이었다. 그것은 그가 아는 최선의 사랑이었다.

유일한 걱정은 지연이 이 자리에서 느닷없이 자수하는 것이었다. 덕분에 젊은 공중보건의와 구급대원들을 마주했을 때, 민형은 그 가능성을 골똘히 생각하는 것만으로도 아득하고 완고한 침묵을 유지할 수 있었다.

쥐어짜내듯 이어지는 진술을 의심할 사람은 아무도 없었다. 의사와 경찰들은 시체검안서를 작성하기 전에 우연의 휴대폰을 회수해 민형에게 넘겨주었고, 그것으로 끝이었다. 시체가 들것에 실리고 한 명의 딸이 곁에 남았을 때 그는 눈가에 찌릿한 기운이 도는 것을 느꼈다. 안도감, 해방감, 탈력감. 적절한 이름을 찾아 붙이기도 전에 민형은 쓰러졌다.

　　　　　.".

　민형은 변변한 취미가 없었고 술자리를 즐기는 편도 아니었지만 영화만큼은 곧잘 봤다. 기러기 아빠로 살던 시절에는 매일 거실에 영화를 틀어 놓고 지냈을 정도였다. 대개는 1980년대부터 90년대 사이의 유명 외화들이었다. 같은 영화를 몇날 며칠이고 걸어 놓는 일이 잦았던 까닭에 가끔은 시고니 위버와 동거하는 기분마저 들었다. 이 습관의 기원을 거슬러 올라가면 다시 공중보건의 근무 시절이 나왔다. 매주 두 번, 퇴근하자마자 시내의 비디오 가게로 차를 몰고 가서 외화 테이프 다섯 개씩을 빌린 후 사나흘 중으로 모두 보고 반납하는 생활을 두 해 가까이 반복했던 것이다.

41

물론 대부분은 통속적인 액션 활극이거나 호러였으니 평론가적 식견이 배양되는 일은 없었다. 쿠엔틴 타란티노는 거장이기에 앞서 B급 영화를 즐기던 대여점 직원이었다지만 그것도 모두 재능이 뒷받침되니 가능한 이야기다. 다만 민형은 자신의 존재가 그 시간과 장면들에 뿌리내리고 있다는 것만큼은 인정했다. 젊은 사회인이, 천편일률적인 교육 트랙에서 벗어나 비로소 하나의 세계를 만들어 가기 시작한 것이다. 스물여섯 살의 민형은 각각의 영화로부터 멈춘 듯한 장면만을 모아 곱씹기를 즐겼고, 그로 인해 근무 도중의 백일몽들은 전적으로 반영화적인 것으로 변해 갔다. 엔딩 스태프 롤이 무한정 이어지는 무균의 진공. 혹은 가장 이상적인 삶. 따라서 영화 시청은 민형에게 삶으로부터 벗어나 삶으로 돌아오는 순례의 과정이었고, 영원히 낯설지만 그렇다고 해서 새롭지도 않은 일이었다. 그는 다만 살아갔다. 언제 어디에서나 새하얀 천장을 올려다보면서…….

　또다시 새하얀 천장이었다.

　민형은 고개를 옆으로 돌렸다. 체크무늬가 프린트된 얇은 커튼이 침대 둘레를 감싸고 있었고, 5분의 3가량 남은 수액 백도 보였다. 기억이 서서히 돌아왔지만 어떤 표정을 지어야 할지는 몰랐다. 기분이 나쁜가? 확실히 그렇다. 참담한가? 상당히 그렇다. 짜증스러운가? 그렇다. 막막한가? 어느 정도 그렇다. 슬픈가? 잘 모르겠다. 내일 수술실에 들어갈 수 있는가? 그렇다. 지금 상황에 비하면 척추 종양 절제술은 반가운 퍼즐놀이다. 그는 자문자답 식 문진을 마치고서도 잠시간 멍하니 누워 있었다. 곧 민석이 커튼을 슬쩍 들추더니 비타500 한 병을 건넸다.

"깬 것 같아서 와 봤어. 목부터 축여."

"일이 어떻게 된 겁니까?"

"산에서 수습 마치고는 곧장 쓰러지더라고. 민호가 꼭대기에서부터 업고 오느라 고생을 좀 했어."

"우연이는……."

병을 건네받은 민형은 희미한 자통에 말을 멈췄다. 카데터를 꽂으며 겸사겸사 소독을 했는지 양 손바닥이 얇은 거즈로 덮여 있었다. 내일 메스를 쥘 수 있을까 가늠해 보고 있노라니 난처해하는 목소리가 들려왔다.

"걔도 지금 상태가 영 아니야. 여러모로 마음이 무거울 텐데, 일단 쉬고 나중에 이야기해. 나도 참 미안하네."

민석은 몸이 괜찮아지면 부르라는 말을 남기더니 다시 커튼을 쳤다. 분위기를 보아하니 바꿔치기 작전은 아직 성공적인 듯싶었다. 음료를 천천히 홀짝이는 동안 민형은 자기 내면의 어느 한 부분이 마지막으로 냉각되는 것을 느꼈다. 새로운 질문이 떠올랐다. 이제 뭘 해야 하지? 일단은 장례식장과 화장장에 연락해서 장례 일자를 잡아야 했고, 우연의 삶을 구성하는 디테일들을 이해할 필요가 있었다. 학사 과정이야 아직 1학년 1학기를 마쳤을 뿐이니 따라잡을 수 있을 테고, 정 어렵다면 휴학도 가능하겠지만 인간관계가 마음에 걸렸다.

둘 다 친구랄 게 없다는 사실은 알고 있었다. 고등학교 친구들은 대학 졸업반인데 홀로 대입에 얽매여 있으면 아무리 친한 사이였더라도 결국엔 멀어지고 마는 것이다. 우연과 대화를 나눌 때도 대학 동기 이야기는 거의 듣지 못 했다. 학교 근처에 초밥집이 생겼는데 상당히 괜찮다거나, 영상자료원에서 1970년대 영화를 몰아봤다거나, 유행 중인 캐릭터 상품의 팝업스토어에 다녀왔다거나 하는 이야기뿐이었다. 지연에게는 우연이 있고, 우연에게는 지연이 있는 삶이 너무나도 당연해진 나머지 타인과 어울리는 능력을 잃고 만 것일까? 그럴지도 모른다.

다만 민형이 신경 쓰는 부분은 SNS였다. 방구석에 틀어박힌 상태로도 지구 건너편의 사람과 친구를 맺을 수 있는 시대였고, 어쩌면 방구석에 틀어박힐수록 그런 일이 더 쉬운 시대였다. 거기까지 생각한 그는 퍼뜩 놀라 주머니를 더듬었다가 휴대폰 두 개가 모두 멀쩡히 있다는 데 안도의 한숨을 내쉬었다. 우연의 휴대폰은 화면에 금이 가긴 했지만 작동은 멀쩡히 되었다. 설치류 동물을 묘하게 데포르메한 노란색 캐릭터―민형은 캐릭터의 명칭이 '람쥐'라는 사실을 알고 있었다―가 잠금 화면으로 설정된 상태였다. 그는 람쥐의 얼굴 위로 기초적인 패턴을 몇 개 그려 보았다. 얼마 시도하지 않아 10분간의 제한이 걸렸다. 지연과 다시 대화를 나눠 봐야 할 모양이었다.

　대화라는 단어가 이토록 숨 막히게 다가오는 상황은 오랜만이었다. 심지어 어머니 유산 문제는 아직 건드리지조차 않은 상태였고, 내일 예정된 수술은 최선의 케이스라도 반나절 이상을 점쳐야 했다. 곧 사고의 구조가 출로 없는 회전문 형태에 가까워져 갔다. 고민 하나가 고비를 넘어가자마자 다른 고민이 밀려 들어왔는데, 그 모두를 처리하고 나면 첫 번째 고민이 원상태로 돌아갔다. 그렇게 생각 속에 허우적대는 사이 십 분이 지나 두 번째 기회가 왔다. 민형은 잠금 화면을 빤히 노려보다가 이번에는 똑같은 실수를 반복하지 않기로 결론 내렸다. 그는 왼손으로 수액 백을 쥐고 내려왔다. 노인들만 몇 있을 뿐 담당 공중보건의는 진료를 보는지 외근을 나갔는지 보이질 않았다. 이곳저곳 두리번거리던 끝에 로비로 나오자 형수와 함께 장의자에 앉아 있던 민석이 그를 보고 놀란 표정을 지었다. 민형은 괜한 헛소리를 듣기 전에 먼저 운을 뗐다.

"형님, 생각을 해 봤습니다만 나는 내일 수술실에 들어가긴 해야 됩니다. 환자 입장에서는 몇 달을 기다린 것이고, 척추에 종양이 악성으로 생긴 판이니까 그대로 살면서 기다리라고 할 수도 없어요. 애당초 집도의라고 해서 마음대로 결정할 문제가 아니야. 그러니까…… 그러니까 난 일단 집에 가서 자려 해요. 그래야 내일 일정을 버틸 수 있을 것 같으니. 화장장을 예약한다거나 장례식장을 알아본다거나 하는 일은 형님이 대신 맡아 달라는 겁니다. 아무리 일찍 끝나도 저녁인 수술이에요."

"서방님 얼굴이 아직 새하얘. 알았으니까 지금은 운전대 잡을 생각 말고 가서 누워 있어요."

형수가 손사래를 쳤다.

"바로 올라가야 해요."

"내가 우혁이한테 서울까지 운전기사 맡으라 그럴게. 개도 내일 아침 강의 있어서 일찍 올라가야 한다고 했거

든. 지금 우연이 데리고 근처 카페 가 있어. 전화해 놓을
테니까 더 쉬워요. 수액도 바로 걸어 놓고⋯⋯."

"아뇨, 되었습니다. 잠깐 걸으려고요. 이거 반납까지
만 부탁드리겠습니다."

벌써 정맥에서 피가 역류하는지 수액 연결 줄에 붉은
기운이 비치고 있었다. 민형은 롤러를 아래로 내려 연결
관을 닫은 뒤 카데터를 천천히 뽑았다. 그리고는 실패
에 실을 감듯 수액 백 둘레에 연결 줄을 둘둘 말아 의자
에 올려놓았다. 지혈은 카데터를 붙였던 종이테이프 밑
에 휴지를 덧대어 해결했다. 보건지소 문을 열고 나오
자마자 덥고 습한 공기가 얼굴에 훅 끼쳤다. 그는 북부
보건지소라 쓰인 입간판을 지나 대로변으로 향했다. 대
로변이래 봐야 드문드문 차가 지나가는 2차선 차도에
불과했다. 여남은 개 되는 전깃줄이 길과 평행을 이루며
이어지고 있었다. 마천루 없는 하늘이 도리어 비좁고 복
잡해 보였다. 어디에서나 123층짜리 롯데타워가 보인
다는 것은 123층의 높이를 상상할 수 있다는 의미이다.
그는 높은 건물들이 그리워졌고, 계속 이 방향으로 걸어
나가면 차도가 4차선으로 넓어지면서 이런저런 가게들
이 나타난다는 사실 또한 알고 있었다. 점심을 먹었던
고깃집도 그 근처에 위치해 있었다. 누가 차를 옮겨 주

진 않았을 테니 서울로 올라가려면 어쨌든 걸어야 했던 셈이다. 다방을 지나 세 번째 블록에서 오른쪽으로 꺾자마자 우혁이 불쑥 나타났다. 지연은 열 걸음 뒤에서 따라오고 있었다.

．•¨．

합천군 야로면에서 도곡동까지는 네 시간 가까이 걸렸다. 중부내륙고속도로를 타고 쭉 올라가다가 영동고속도로로 접어들고, 이후 경부고속도로로 회차하는 경로였다. 민형은 300킬로미터가 살짝 넘는 길을 모호한 풍경으로만 기억했다. 해는 영원할 듯 빛나고 산줄기에도 끝이 없는데 문득 정신을 차려 보면 가로등이 즐비한 도시의 야경 속으로 돌아와 있는 것이다. 차는 한티역 앞에서 멈췄다. 그는 조카 녀석에게 저녁 밥값으로 5만 원권 세 장을 쥐어 보낸 뒤 아파트 단지 내부 지하주차장에 차를 대는 것으로 긴 여정을 마무리했다. 엔진 시동이 꺼지는 순간 주머니에서 진동이 울렸다. 민형의 휴대폰이었다.

"예, 형님. 덕분에 잘 도착했습니다."

"그래, 우혁이한테 연락 받았다. 장례식은 일단 이일

장으로 잡아 놨어. 사정이 사정이고, 삼일장은 동생 마음에도 부담이 클 것 같아서. 다만 서울 화장장은 이곳저곳 예약이 차 있다기에 관외로 알아놓은 상태야. 내측에서 처리할 수 있는 부분들은 거지반 해결을 봤고, 인제 장례식장 쪽에 동생 연락처를 넘겨 놨거든. 동생한테도 저쪽 주소랑 연락처 보내 놓을게. 빈소는 새벽 중으로 차릴 예정이라 그러네."

"새벽이라면 몇 시쯤 되겠습니까?"

민형은 잠시 생각하다가 물었다. 스피커 너머에서 짧은 침묵이 맴돌았다.

"네가 아까 말하길 큰 수술이라고 하지 않았냐. 괜히 자는 시간 줄이지 말고, 오늘은 푹 쉬어. 늦는다고 뭐라 할 사람 없으니 할 일은 모두 마치고 오고. 어쨌든 그게 다 사람 살리는 일이니까."

민석은 조심스러운 어조로 덧붙였다.

"그나저나 주변에 소식 전할 거야?"

"다른 사람들한테는 굳이 알릴 건 없겠습니다만, 장모님이랑 장인어른 얼굴 뵙기가 면구스럽긴 해요. 지연이가 어릴 땐 외가랑도 가까이 지냈구요. 그러니까 머리로는 이걸 아는데……."

"관계가 소원해졌다 해도 그분들 입장에서는 손녀 아

닌가."

"도리라는 게 있지요. 압니다. 하여간 형님 덕분에 시름 덜었어요. 감사합니다."

"민호가 주로 했으니 감사 인사는 그쪽에 달아 둬."

통화를 마친 민형은 처가에 일절 연락하지 않기로 마음을 굳혔다. 언젠가는 알려질 일이지만 지금은 아니었다. 채린이 죽은 이후로는 연락이 거의 끊겼거니와, 당신들께서 손녀딸이 뒤바뀐 걸 알아챌 가능성도 걱정스러웠다. 그는 뒷좌석을 흘끔 보았다.

"최우연, 조수석에 와서 앉아라."

이 문제를 집 안까지 끌고 들어갈 생각은 없었다. 서울까지 오는 동안 마음정리를 마친 듯 지연은 곧바로 자리를 옮겼다.

"피곤하니까 잡다한 이야기는 모두 줄이자. 장례식장에 네 외가 식구들은 한 명도 안 온다. 나는 아무리 일찍 퇴근해도 7시에서 10시 사이니까 그렇게 알고, 너는 일찍 가서 고개만 숙이고 있어. 가만히 있으면 말 걸 사람 없을 거다."

"응."

"하여간 앞으로 살아가면서 문제가 될 부분이 셋이야. 본인인증, 학사과정, 인맥. 우선 본인인증은 괜찮으리라 생각하긴 한다. 휴대폰 회선이랑 주민등록증만 있으면 되는 시대 아니냐."

"일란성 쌍둥이라도 지문은 다르잖아. 은행이나 인터넷 계좌 같은 건 휴대폰 인증으로 끝난다 쳐도, 주민센터 갈 일이 생길 텐데."

"그것도 별 문제 아니야. 어차피 주민등록등본처럼 간단한 서류는 인터넷으로 끊을 수 있고, 지문을 찍어야 할 일이라면 공무원들이 유도리가 있거든. 지문이 엷다든지 손에 상처가 났다든지 해서, 지문 스캔이 어려우면 그냥 가족관계증명서 내용을 읊어 보라고 시켜. 부친 성함이랑 생년월일이 어떻게 됩니까, 하면 최 민자 형자에 1971년 5월 28일생이요, 라고 대답하면 되는 거야. 그러면 너는 최우연이다."

"이해했어."

"인제 학사과정이…… 어차피 예과 1학년 1학기면 따라잡을 내용도 없어. 그냥 학교 사이트 계정 알아내서 1학기에 들은 강의들 알아보고, 시간 날 때마다 학교 들러서 지리를 익혀 둬. 방학 시작한 지 얼마 안 되었으니 시간은 충분할 거다. 정 안 되면 휴학을 해도 좋고. 평생이 달린 사안인데 일이 넌쯤은 별것도 아니야. 다만 관건은 학교 동기들인데……."

별 설명 없이 우연의 휴대폰을 건네자 지연은 망설임 없이 잠금을 풀었다. 잠금 패턴은 정사각형의 윗변이 아래로 꺾여 반대편 꼭짓점과 맞닿는 형태였다. 민형은 아무거나 저녁식사를 주문해 놓으라고 시킨 뒤 설치된 애플리케이션을 살폈다. 우연의 메신저 기록은 단출했다. 학과 단체 대화방과 조별과제용 대화방이 광고성 메시지 사이에 드문드문 섞인 수준이었다. 지연과는 곧잘 잡담을 나누었던 듯하지만 그마저도 몇 달 전부터 부쩍 빈도가 줄어든 게 보였다. SNS도 비슷했다. 블로그는 그날그날 들른 식당이나 읽은 책의 사진을 모아 올리는 식으로 운영되었는데, 일평균 방문자는 고작해야 서너 명을 넘나드는 수준이었다. 트위터 계정의 경우 타인의 글을 리트윗하는 방식으로만 운영되고 있었다. 몇 달 전의 게시 글까지 거슬러 오르니 '우우 @asher__0_0: 4수생 탈출 성공'이라거나 '우우 @asher__0_0: 대학생활 너무 낯설다…' 같은 말이 드문드문 보였지만 다른 사람의 반응은 없었다. 민형은 무심코 중얼거렸다.

"친구가 하나도 없군."

"아빠 닮아서 그래."

지연이 기다렸다는 듯 이죽거렸다. 민형은 트위터 애플리케이션을 닫고 블로그로 돌아가 일기들 각각을 꼼

꼼히 훑어보았다. 대학가의 값싼 식당들과, 기기묘묘한 설치 예술 조형물들과, 영상자료원의 정경과, 어딘가 익숙한 칵테일 바의 내부와, 전공 서적의 한 페이지와, 가족 외식으로 들른 초밥 오마카세와, 길고양이와, 강아지와, 조각 케이크와, 감상주의를 현학적인 방식으로 부려 놓은 소설책의 한 단락과, 횡설수설하는 현대시와, 드러그스토어의 매대 사진이 두서없이 이어졌다. 가장 최근의 사진은 람쥐 팝업스토어에서 찍은 것이었다. 잠금 화면에서 보았던 설치류 캐릭터가 지갑과 화장품 케이스와 에코백과 클리어파일과 인형과 필통으로 변한 채 가격표를 매달고 있었다. 마지막 사진으로 보건대 우연도 열쇠고리와 동전지갑을 하나씩 챙긴 모양이었다. 그런데 이날 지연이 뭘 했던가? 방에 있었나, 서재에 있었나, 독서실에 갔나?

"넌 어떻냐?"

"아빠가 말했잖아. 내가 우연이야. 내가 그렇다는 거야."

지연의 말이 옳았다. 민형은 장례식을 치를 딸의 인간관계에 대해서는 생각하지 않기로 했다. 고개를 끄덕이자 손이 불쑥 내밀어져 왔다.

"그러면 휴대폰 줘."

"이 휴대폰?"

"최우연 계정 찾고 이거저거 처리하려면 휴대폰 필요하잖아. 내 건 아빠가 부쉈고."

이번의 말투는 낯설 만큼 태연자약했다. 타당한 이유다 싶으면서도 묘한 반감이 치밀었다. 두 존재를 맞바꿀 필요성과는 별개로, 민형 자신부터가 그 작업에 완벽을 기하려는 것과도 별개로, 사태의 근원이 이렇게나 적극적으로 나서는 꼴을 보니 역했다.

"예전에 쓰던 공기계 집에 남았지? 그거로 기기 변경해라. 최우연 명의 회선으로. 네 명의는 쓸 생각 자체를 하지 말고, 그때 썼던 기기는 둘 다 없애는 게 나아."

곧 10시 정각이었다. 민형은 대화를 매듭지을 요량으로 문손잡이를 움켜쥐었다. 차 문이 열리면서 보이지 않는 모든 것의 덩어리가 왈칵 쏟아져 들어왔다. 한여름에도 서늘한 지하주차장 공기는 에어컨 바람과 그 성상이 완전히 다른 듯했다. 훨씬 진득하고 무거운 느낌이었다. 로비에 들어설 때까지 엔진 음과, 타이어의 마찰음과, 차단기 작동하는 소리가 이곳저곳에서 계속되었다. 시작과 끝이 쉼 없이 중첩됨으로써 어느 한 순간에 그치지 않게 되는 잡음 덩어리는 점점 고조되지만 영원히 절정에 이르지 못 하는 트레몰로 같았다.

그렇게 엘리베이터를 타고 17층까지 올라가는 동안 민형의 뇌리에서 악곡 하나가 차츰 뚜렷해졌다. 스산한 바이올린 트레몰로에 이어 시작되는, 두들기는 듯한 증 4도(tritone)의 불협화음과 저음 현악기의 지속음. 그는 〈에일리언 1〉을 다시 한번 봐야겠다고 마음먹으며 엘리베이터에서 내렸다. 현관문 앞에 배달 초밥 2인분과 소바가 도착해 있었다. 지연은 식탁에 앉자마자 소바를 게걸스레 먹어치우더니 자기 몫의 초밥 상자를 들고 방으로 들어갔다. 민형은 커튼을 치고 빔 프로젝터를 작동시켰다. 에어컨의 내부 구조로부터 영감을 얻은 듯 파이프로 가득 찬 우주선 통로 공간이 벽면에 투사되었다.

　　영화의 줄거리. 항해 중인 우주선, 노스트로모 호가 낯선 신호를 포착한다. 발신지에는 폐허가 된 외계 우주선과 수천 개의 알들이 있다. 부선장은 알에서 깨어난 괴생명체에게 습격당한다. 식사 도중 부선장은 고통스러워하며 몸을 뒤채기 시작하고, 곧 하얀 티셔츠가 피로 물든다. 붉은 가슴팍이 위아래로 들썩이더니 불쑥 위로 솟는다. 외계인이다. 외계인이 승무원을 차례대로 잡아 죽이는 동안 시고니 위버는 시종일관 굳은 표정으로 선내를 누비며 반격할 방법을 찾아다닌다. 그리고 사투 끝에 노스트로모 호의 자폭 시퀀스를 작동시킨 후 구명

셔틀로 탈출함으로써, 유일한 생존자로 자리매김한다. 그런 이야기다. 불안으로 시작해, 불안과 긴장이 중첩되며 서로를 극한으로 몰아가다가, 긴장이 소거된 후 불안으로 되돌아가는 이야기. 시고니 위버가 냉동 수면을 준비하며 그간의 사건을 음성 기록으로 남기는 장면에는 평온하면서도 스산한 분위기가 맴돈다.

이미 수백 차례 본 영화였다. 배경음악은 수천 번도 더 들었을 것이다. 언젠가부터 그의 수술방 플레이리스트는 〈에일리언 1〉의 사운드트랙으로만 고정되었다. 그런데도 또다시 〈에일리언 1〉을 보기 위해 소파에 앉을 때마다 민형은 그 동기를 자문할 수밖에 없었다. 전개는 물론이고 대사 하나하나까지 외워 버린 영화를, 어째서, 또. 지금까지는 익숙하다는 것 외에 마땅한 답을 찾지 못 했으므로, 그 여백은 줄곧 미지근한 불안으로 남아 있었다. 그걸 불안으로만 남겨 둘 수 있었던 시절이 차라리 나았다. 경고하건대, 가장 두려운 것은 때로 내부에 있다. 영화의 핵심 태그라인이었다. 우주선의, 가정의, 한 사람의 내부. 민형은 쉼 없이 음식을 자기 접시로 옮기는 부선장의 모습에서 메밀국수를 먹던 지연을 발견했다. 이제 긴장이 시작되었다.

낭만이 없다거나, 정이 없다거나, 친구가 없다거나, 하여간 보통 사람이라면 허다한 게 없다는 평이 민형을 따라다녔지만 그에게도 소중히 간직하는 기억이 있었다. 공중보건의 삼 년차였다. 본가에 잠시 들렀다가 민호가 칵테일 바를 차렸다는 소식을 듣고는 뜨악한 마음에 정찰을 나섰다. 꼴도 보기 싫다는 마음은 그때도 여전했는데 구태여 들러본 데에는 다양한 심리가 겹쳐 있었던 듯하다.

　학생 시절부터 얼치기 밴드맨이나 폭주족 따위와 어울리던 녀석이 가게 운영은 제대로 할까 싶었다. 한편 술집 운영에 필요한 것은 수학 공부가 아니라 바로 그런 종류의 경험이리라 생각해 보기도 했다. 이러나저러나 민호가 친 사고들을 틀어막느라 집안 돈이 상당히 축났던 것은 분명했다. 사람만큼은 좋아서 미워하기 어려운 골칫덩이라고들 했다. 그 골칫덩이를 건실한 삶에 붙들어 놓을 수만 있다면 아버지로서도 5,000만 원을 일시불로 대어 주는 것쯤은 큰 손해가 아니었고, 민형에게도 반가운 일이었다─가게가 앞으로도 멀쩡히 운영된다면.

　신촌역에서 내린 뒤 아버지가 그려 준 약도대로 골목

을 따라가 보니 그럴듯한 간판이 나왔다. 흔해빠진 유리 출입문에서마저 새 단장한 느낌이 났다. 아직 이른 시각이라 그런지 손님은 젊은 여자 한 명뿐이었다. 여자가 문 열리는 기척에 뒤를 돌아보더니 놀란 표정을 지었고, 말했다. 사장님? 어디서부터 설명해야 할지 가늠해 보는 사이 카운터 너머의 쪽문이 불쑥 열리더니 민호가 나타났다. 여자는 둘을 번갈아 바라보다가 혼잣말처럼 외쳤다. 두 분이 똑같이 생기셨네요. 민호가 넙죽 말을 받았다. 쌍둥이거든요. 제가 동생이에요.

그러더니 고개를 돌려 민형을 보았다.

지금 안동 쪽에서 일한다고 하지 않았나?

본가 들른 김에 와 봤다.

술은 마셔?

오늘 중으로 다시 내려가야 하니까 도수 낮은 거로 한 잔만 줘.

민형은 여자로부터 두 칸 떨어진 자리에 착석한 다음 가벼운 묵례를 건넸다. 최민형입니다. 여자의 이목구비는 화려하다기보다는 단정한 느낌이었다. 눈이 크고 쌍꺼풀이 뚜렷한데도 그랬다. 행서(行書)를 닮은 눈 밑 주름이 얼굴에 포인트를 더했고, 짧게 다듬은 곱슬머리가 목덜미에 넝쿨 같은 그림자를 드리웠다. 고풍스러운 사찰의 담벼락 같은 여자. 남자가 여자로부터 세계를 읽어 낸다는 것은, 그의 세계에 이미 그녀의 자리가 마련돼 있다는 의미다. 여자가 말하기를 자신은 일요일마다 여기에 온다고 했으므로 민형은 일요일마다 왕복 일곱 시간을 들여 칵테일 바에 들렀다. 그리고 그가 오직 자신을 보기 위해 도로에서 매주 일곱 시간씩을 버려 왔음을 여자도 알게 되었을 때, 그는 고백했다.

민형은 바로 그 칵테일 바에 앉아 있었다. 그러나 무언가가 잘못되었다. 카운터 너머에서 돌아 나온 민호는 보란 듯이 채린의 어깨에 팔을 둘렀고, 그대로 가게를 떠났다. 조명이 모두 꺼지면서 소름끼칠 정도의 적막이 내려앉았다…… 이제 칵테일 바는 아무것도 아닌 장소였다. 그의 존재 역시. 민형은 어스레한 그림자 속에서 두 딸이 빠르게 자라나 초등학교에 입학하는 모습까지를 보았고, 숨 막히는 느낌에 눈을 질끈 감았으며, 눈을 뜨자 장례식장 앞이었다. 채린의 장례식에서 두 딸은 현실로부터 한 발짝 벗어난 듯 우두커니 서 있기만 했고, 민호의 표정은 언제나 민형보다 울적해 보였다. 삼일장을 마친 뒤 지방의 전셋집으로 돌아가자 채린이 죽기 직전 보낸 편지가 우편함에 담겨 있었다. 첫 줄을 읽기 전에 그는 심호흡하며 눈을 감았다. 그리고 떴다. 꿈이었다.

동측으로 트인 발코니 창을 통해 이른 아침의 빛이 들어오고 있었다. 반쯤 열린 커튼이 물결치는 그림자를 드리웠다. 빛과 그림자로만 이루어진 평면은 과슈를 한 움큼 퍼 발라 굳힌 듯 정적이고 익숙한 느낌이었다. 채린이 죽고 서울 집으로 넘어온 다음부터 이 방을 쓰기 시작했으니 벌써 칠 년째 매일같이 마주하는 광경이었다. 방은 화장대가 치워지고 몇 가지 소품이 바뀐 걸 제외하면 채린이 쓰던 그대로였다. 주위를 두리번거리던 민형은 자신의 이목구비 이곳저곳을 매만져 보다가 그만 두 손바닥에 얼굴을 파묻었다. 핏줄이라는 것은 분명히 있다. 타인의 몫을 무작정 탐내면서도 천연덕스럽게 구는 성질, 그러면서도 결과와 책임을 직시하지 않으려는 성질은 그 자신의 유전자에도 잠재돼 있을 것이다. 따라서 우연과 지연 역시 그렇다. 그런데 본성이란 도대체 언제 어떻게 가슴을 꿰뚫고 튀어나오는 것일까? 왜 그런 일이 벌어지는 것일까?

몰랐다. 지금 당장 장담할 수 있는 부분은, 아무리 괴물 같은 딸이더라도 자신은 그 딸을 지켜 내리라는 것뿐이었다. 출근 준비를 마치고 우연의 휴대폰까지 부적처럼 챙긴 민형은 거실 발코니 앞에 섰다. 이십여 년 전 준공된 서른네 개 동, 3,000세대의 대단지 아파트가 그의 발밑에 펼쳐졌다. 세월이 흐르는 동안 이곳의 33평형 매매가는 10억 선에서 30억 중후반 선으로 뛰어올랐으며 신촌 상권은 처참하게 몰락했다. 그러나 과거가 시간에 밀려나는 일은 없었고, 그중 일부는 나날이 뚜렷해지기까지 했다. 채린이 그랬던 것처럼 우연 또한 이 집에 남을 것이다.

지연은 아직 자는 모양이었다. 민형은 갑작스러운 변덕에 노트를 한 장 찢었다. 그리고 짧은 편지를 쓰기 시작했다. 어제 벗겨졌던 손바닥 피부는 밤사이 대강 아물어, 약간의 통증만 감수하면 멀쩡히 펜을 쥘 만했다.

우연이에게
가능하면 주민등록증 찾아서 회선 새로 뚫어라
큰아버지나 삼촌한테 연락 오면 바로 장례식장으로 가고
나는 10시 넘어서 퇴근할 것 같다
그때 보자

그리고 고민하다가 한 줄을 덧붙여 썼다.

아빠가

3 육체와 영혼

　민형은 다소간 일찍 병원에 도착했다. 행정 직원에게 상황을 설명하고 내일 외진을 근무표에서 빼기 위해서였다. 병원 내에 묘한 소문이 돌 가능성은 괘념치 않기로 했다. 그런 것에 신경 쓸 여력부터가 없었다. 대화를 마친 후로도 정신이 계속 지나간 세월 사이를 맴돌았다. 주차장으로 나와 개구리 다리에 전극을 꽂는 심정으로 담배를 세 개비 내리 태워 보았으나 별 무소용이었다. 수술대 앞에 서면 어련히 긴장감이 돌아오려니 믿을 뿐이었다. 전신마취부터 C-arm 촬영까지, 사전 준비에만도 상당한 시간이 걸리는 대수술이었다. 본격적으로 메스를 잡았을 때는 11시가 살짝 넘어 있었다.

　"보비."

피부를 절개한 후 짧게 외치자 전기 소작기—보비 나이프라고도 하는—가 오른쪽에서 건네져 왔다. 넓적한 보비 팁으로 절개부를 태우는 작업은 기름이 닳은 부싯돌 라이터를 엄지로 튀기는 일과 비슷한 느낌을 줬다. 짧은 치직 소리와 함께 스파크가 몇 차례 번뜩였다. 화학약품 묻힌 고기를 굽는 듯한 냄새가 마스크를 뚫고 들어왔고, 민형은 비로소 선산의 정경을 잊을 수 있었다. 습한 여름 공기 속에 자욱해지는 풀 비린내와 흙먼지 냄새. 고개를 슬쩍 틀 때마다 청람색으로도, 황금빛으로도 물결치는 불가해한 신록의 바다. 그 신비롭고 두려운 세계가 의식의 저편으로 사라지면서…….

"디섹터."

그의 세계에서 노란색은 코아귤레이션(coagulation)으로 응고를 의미했으며 파란색은 전기 메스 역할을 하는 커팅(cutting)이었다. 정중선을 따라 피부, 피하조직, 근막, 그리고 척추 주변 근육과 연성 조직을 차례로 박리. 척추관 접근로를 확보하기 위해 후궁 부위 절제. 골수와 지방산이 마찰열로 익으며 나는 비린내는 피비린내와도 달랐다. 뼈 비린내라는 설명이 최선이었지만 언어만으로는 부족했다. 뼈 비린내는 맹렬한 드릴 소리와 결합했고, 전동 드릴은 곧 환자의 척추에 삽입될 나사

못과 금속간체의 등가물이었으며, 이 모두는 정렬되고 정돈된 삶의 표징이었다…….

"리차드슨 아웃."

건축학과 건축술의 관계가, 또한 음악학과 연주 기술의 관계가 그러하듯 어떤 업은 학문이자 기술이다. 이러한 분과들의 공통점은 그 결실이 구성요소들의 정교한 배치와 관계를 통해 드러난다는 데 있다. 인부들이 설계 도면에 맞추어 철근을 얹으면, 기둥과 벽체가 하나의 층을 떠받치며 구조역학의 원리를 증명한다. 주자가 악보에 맞춰 기타 줄을 퉁길 때 각각의 음은 수학적 조화 속에서 제자리를 얻는다. 그것은 이론과 행위와 제작이 함께함으로써 완벽에 이르는 기예다. 그 자체로 삶의 원리를 내포하는 것이다. 그러니 의학(醫學)과 의술(醫術) 또한…….

민형은 그렇게 믿었다.

언젠가 타인의 내면을 회람할 수 있는 기술이 개발된다면 사람들은 보란 듯이 가슴팍을 열어젖히고 상대를 헤이즐넛 향이 감도는 카페로, 트리엔트 미사가 집전되는 대성당으로, 요트가 화살처럼 날아가며 물보라를 튀기는 해변으로 초대할 것이다. 반면 민형의 내면에 발을 들인 사람은 〈에일리언 1〉의 사운드트랙이 반복 재생되는 새하얀 수술방을 발견하게 되리라. 그곳은 의료기기와 인간들이 기계식 시계의 각 부품처럼 맞물려 흐르는 곳이다. 매 순간 필요한 것들이 건네졌다가 다시 치워지는 곳이자 잘못한 이가 과오를 기꺼이 인정하는 곳이다. 실패의 보상은 질책과 처벌이다. 그 질서를 타고 흐르는 기억들⋯⋯.

최민형 이 개새끼, 아까부터 정신 안 차리지!

죄송합니다.

애당초 죄송하다는 말이 나올 일이 없게끔 해. 그 말 한 번만 더 하면 발목을 잘라 버린다. 니 발목 잘라서 니가 직접 핀 박으라고 시킬 거야. 씨발 직접 몸으로 겪어 봐야 알지?

⋯⋯.

대답이 없네? 밖에선 의사 선생님 소리 듣는데 병원에선 욕먹으니까 좆같지?

죄송합니다.

민형아, 내가 아까 뭐라고 했니?

손바닥으로 머리 철썩 때리기, 뺨 후려갈기기, 주먹질, 조인트 까기, 머리 밟히기, 앉았다 일어났다 하기,

쭈그려 앉기, 쭈그려 앉아 뜀뛰기, 앞으로 취침 뒤로 취침, 엎드려뻗치기, 깍지 끼고 엎드려뻗치기, 엎드려뻗쳐서 한쪽 다리 들기, 원산폭격, 원산폭격 중 머리 걷어채이기, 목발, 이제 이런 일들은 많이 사라졌다고들 하는데 어째서 마음속 어스레한 곳에서는 끝나지 않을까? 어째서 사라져가는 것일까? 어째서?

.·' .

깊은 위치에 자리 잡은 종양이었던지라 열 시간 이상 소요될 것을 각오했으나 수술이 예상보다 일찍 끝났다. 주요 혈관이나 신경에 밀접하게 유착된 부분 없이 다른 조직으로부터 깔끔하게 떨어져 나온 덕분이 컸다. 위치를 감안하면 기적에 가까웠다. 민형은 환자 가족에게 기적이라고 말하려다가 관뒀다. 재활 과정은 시작되지도 않았으니 샴페인을 터뜨리기엔 일렀다.

업무를 마치고 주차장으로 나올 때까지 민형은 심드렁할 만큼 기계적인 태도를 유지했다. 그 기계성을 발휘해 곧장 장례식장으로 가면 될 텐데 시동을 걸 마음이 들지 않는 게 이상할 따름이었다. 아직 8시 반이니 여유가 있긴 했다. 그는 병원 인근의 술집 목록을 뒤적거리다가 마음을 정하고 나정에게 전화를 걸었다. 첫 번째 시도에서는 통화 연결음이 두어 차례 들리다가 꺼졌다. 이삼 분가량 기다렸다가 두 번째로 연락하자 날 선 목소리가 귀를 긁었다.

"당신, 정신 나갔어? 저녁엔 남편이랑 나랑 집에 있는 거 몰라?"

"왜, 영맨으로 저장해 뒀다며. 제약사 직원이 내과 의사 선생님한테 영업차 전화를 하겠다는데 뭐가 문제인가."

"아무리 그래도 회사원이 저녁 8시에 전화하면 이상하지."

"남편이 뭐라 그래?"

"그건 아닌데, 누구냐며 질문 받는 것부터가 신경 쓰이잖아."

"술 사줄 테니 잠깐 나오지."

"지금 갑자기?"

"다른 거 안 하고 술만 마실 거야. 나도 10시 전에 가봐야 돼. 장례식 때문에."

윤나정은 민형보다 일곱 살 연하로, 고등학교 동문회 밴드에서 선후배 사이로 알게 된 여자였다. 구체적인 시기를 논하자면 다섯 해 전이었다. 채린이 죽자마자 지연과 우연의 탈선이 시작된 까닭에 한동안 외로움을 느낄 겨를도 없이 바빴다. 그러다가 어찌저찌 두 딸을 학교로 돌려보내자 미뤄 뒀던 고독이 엄습했다. 혹시나 하는 마음에 동문회를 기웃거렸더니 주말 트레킹 모임이 잡혔다. 낯설거나 낯설어진 얼굴들 사이에서 꿔다 놓은 보릿자루처럼 굴던 와중 나정이 말을 붙였다. 첫 대화가 정확히 무슨 내용이었는지는 기억이 안 났다. 다만 트레킹 뒤풀이를 마친 후 곧바로 나정과 술집으로 향했고 모텔까지 갔으니 진도가 꽤 빠르긴 했다. 피차 심란한 상황이었던 게 큰 요인으로 작용했을 것이다. 거사를 치른 후 남은 이야기를 들어 보니, 개원을 했다가 망했고 개인회생을 진행하는 중인데 남편의 태도가 여러모로 밉상이라는 거였다. 평범한 회사원인데 원래부터 은근히 틱틱거리는 기색을 보이더니 요즘 들어서는 대놓고 타박을 준다고 했다.

내가 보기엔 이 인간은 자격지심이 있어. 남자씩이나 돼서 여편네보다 못 벌고 지내다가, 이제서야 풀 기회가 생기니까 맘 놓고 그러는 거지.

그러니까, 남편이 있는 거야?

곧 이혼할 판인데 어때요. 그게 신경 쓰이면 하기 전에 물어봤어야지.

그러더니 나정은 엉엉 울기 시작했다. 민형은 더 엮이고 싶지 않아서 말을 아꼈고, 두 번째로 연락이 왔을 때는 이혼을 마음먹었다기에 그냥 만났다. 그런데 어쩐 영문인지 모르겠으나 시간이 흐르는 동안 나정의 부부 관계는 도리어 순탄해졌고, 민형에게는 연 4.5퍼센트의 이율을 매긴 원리금 균등분할상환 차용증이 생겼다. 2억 원어치였다. 재도전을 하려는데 회생 이력 때문에 대출이 웬만큼 나오질 않는다는 나정의 말에, 장기채에 묻어 두는 셈 치고 돈을 건넸던 것이다. 말인즉슨 대출을 내어줄 적까지만 해도 재혼이라는 선택지가 꽤 뚜렷한 형태로 남아 있었다. 지금은 상황이 이상했다.

민형은 돈으로 유세를 부리는 타입은 아니었다. 다만 그는 자신이 어디까지 요구할 수 있을지를 알았으며 필요할 때는 기꺼이 그랬다. 1금융권 수준의 금리로 거액을 빌려 줬다면 이 정도의 어드밴티지는 누려야 한다는 게 그의 계산이었다. 어차피 모텔까지 가는 날은 많지 않았고, 대개는 술집에 앉아 사는 이야기를 주절거리는 선에서 끝났다. 나정에게는 위험천만한 불륜일지도 모르겠지만 민형에게는 간편한 다용도 소통 창구 이상도 이하도 아닌 관계였다. 그는 종종 들르던 비스트로에서 글렌피딕 15년 한 병과 치즈 플래터를 시키고 기다렸다.

언제나 그랬듯 글렌피딕이 가장 먼저, 나정이 가장 늦게 왔다. 나정은 사슴 모양 로고가 금박 처리된 포도주색 지관통을 빤히 바라보다가 민형에게로 시선을 옮겼다.

"이건 뭐야?"

"뇌물. 나는 안 마실 거니까 집에 가져가. 접대를 받았으면 남편한테 보여 줄 게 있어야지."

"여기서는 물만 먹고?"

"술 마시고 들어갈 자리 아니야."

"장례식?"

"부친상 치른 후로 어머니도 요양병원에 몇 년 계시다가 돌아가셨는데."

그렇게 운을 떼어 놓으니 이을 말이 마땅치 않았다. 어머니가 돌아가셨는데 매장하는 날 딸도 자살했다? 한 딸이 다른 딸을 죽였다? 지금 가야 하는 장례식은 사실 살아 있는 쪽의 몫이다? 긴 망설임 끝에 튀어나온 말에는 많은 내용이 생략되어 있었고, 애당초 핵심도 아니었다.

"어머니 명의 부동산이 좀 있는데, 배분 공증을 안 받아 놨어. 지방에 있는 임야는 거의 똥땅이라 상관없다만 아파트가 문제야. 동생 놈이 자기 가게 들먹이면서 슬슬 밑밥을 깔고 있거든. 계속 적자가 나서 최근에 폐업을 했다 그러네."

"나누기 싫어서 그래?"

"아버지 어머니한테서 허구한 날 돈 우려내던 놈이 뭘 바라느냔 거야, 내 말은."

"그게 쉽지 않을걸. 동생 쪽에서 유류분 주장하면 법적으로 줘야 돼."

"생전 증여분까지 고려해도 그런가?"

"얼마를 받아갔기에?"

"아주 어릴 때 바이크 몰면서 사고 낸 거 수습하느라 나간 돈이 웬만큼 있고, 그 외에도 자잘하게 여자 문제…… 그런 건 가게 낸 후로 나아지긴 했다고 들었어. 그래도 이십오 년 전에 이미 개업 비용으로 5,000이 들었고, 이후에도 유동성 문제 생길 때마다 조금씩 빌려갔으니까 금전 지원이 아예 끊긴 건 아니야. 중간 중간 갚긴 했다는데 구체적으로는 모르겠고."

"결국 모른다 이거네?"

"그렇긴 해."

"어차피 당신도 펠로우 딸 때까지 부모님한테 지원받았을 텐데 어느 정도 감안하지 그래. 애당초 칵테일바면 자영업자 소상공인인데 사정 봐 주면서 살아. 그게 남는 거야. 당신이야 부동산도 엄청 올랐을 테고, 주식으로도 재미 많이 봤다면서."

"집값 올랐으니 봉급 삭감하는 소리 말고. 별개지, 둘은. 돈 계산이 그런 식이면 세상 사람들 죄다 대충대충 놀면서 살다가 배려 받고 지내겠지. 애당초 돈 나갈 구멍만 아니었으면 주식 투자 원금이 두 배는 됐을 판인데."

"형님분은 어떠신데?"

"그 양반은 적당히 가져가도 돼. 그냥 동생한테만 주기 싫은 거야. 좋은 방법 없나?"

"이 아저씨는 보건복지부 슬로건도 모르나? 약은 약사한테, 법은 변호사한테. 내과 의사가 상속 관련해서 뭘 알겠어. 밥 안 넘어가고 속 쓰리면 그때 와."

치즈 플래터는 말린 무화과와 프로슈토 슬라이스, 크래커, 그리고 세 종류의 치즈로 구성돼 있었다. 나정의 손이 솜씨 좋은 공예가처럼 움직이며 크래커 위에 재료를 쌓았다. 민형은 그 모습을 가만히 지켜보다가 치즈 조각 하나를 입안에 던져 넣었다. 짠맛이 강했다.

"내가 제일 신경 쓰이는 부분은, 형님도 너처럼 말할 것 같다는 거야. 이게 제일 의문이란 말이야. 돈만 나가는 구멍이 뭐가 그렇게 좋아서 싸고돌지?"

"뭐, 지금까지 들은 것만 생각하면 민호 씨가 흘리고 다니는 부분은 있어도 정 많고 싹싹한 스타일 같던데.

말 한마디로 천 냥 빚을 갚는다고들 하는데, 당신 동생은 남들이 귀찮아하는 잡일까지 도맡아 하잖아. 그런 사람이 난처해하면 도와주고 싶지. 돈 빌려 놓고 아예 나 몰라라 하는 것도 아니고."

"그 기전이 미스터리라서 그래. 줄 거 주고 받을 거 받는 것보다 그게 낫다고 생각하는 심리가 이해가 안 가. 잡일이야 돈 내고 사람 쓰면 되고, 말은 그냥 하면 나오는 거 아닌가?"

"솔직히 말해 줘?"

"가급적이면."

"당신은 성격이 악랄한데 인간 자체는 순해서 손해만 보고 살아. 학생들 중에 그런 유형이 있잖아. 규칙 안 지키는 애들은 잡아먹을 것처럼 굴고, 특히 공부까지 못하면 죽어라 싫어하고, 남이 벌을 안 받으면 자기가 손해 본 양 억울해하는 애들. 그러면서도 맡은 일은 거의 강박적으로 하는 애들. 그런데 인간관계는 어째야 하는지를 몰라서, 괜히 돈은 돈대로 내면서 인망 깎아먹고 그러지."

"모범생들의 행동 습성이지. 의사들 중에 모범생 아니었던 사람 얼마나 있기에."

"당신은 그 기질이 심해. 좀 극심해. 특히 자기 성에 안 차면 사람으로도 안 보는 게 느껴져. 상대 사정을 봐 주면서 좋게 좋게 넘어갈 줄 알아야 하는데, 기어코 어느 때건 손모가지를 잘라 버리려고 해. 그러니까 안 잘린 사람들도 옆에서 보면서 질려 하지. 그건 누구나 본능적으로 알아. 내가 한 번만 삐끗하면 저 인간 태도가 어떻겠구나 하고……."

"못하면 욕을 먹어야지. 못할 수도 있는데 못하는 놈이 잘하는 사람들처럼 살려는 건 잘못이고. 교만이든 탐욕이든, 일종의 죄야."

"죄가 있으면 용서도 있어야지. 세상 사람들이 꼭 당신처럼만 생각하는 건 아니라니까."

"이렇게 생각하는 사람 많아."

"많은 거 알지. 돈깨나 번 사람들 중에 그런 부류 많고, 자기네끼리 모여서 잘 살아. 급을 이렇게 저렇게 나눠 보니 서로 손모가지 날아갈 일 없겠다는 계산 마치고 어울리는 거거든. 그런데 당신이 제일 악랄한 부분은 기어코 보통 사람한테 보통 사람의 방식으로 관심을 받고 싶어 하고, 인정을 받고 싶어 하고, 사랑을 받고 싶어 한다는 거야."

"그러니까 네가 남편이랑 사이가 좋아진 건 내가 돈을 대줘서잖아. 이것도 내가 사는 거고."

그 말에 나정이 어깨를 굳히더니 목을 살짝 앞으로 뺐다. 휘둥그레진 눈을 맞닥뜨린 민형은 자신이 지금껏 얼굴도 제대로 마주 보지 않은 채로 말하고 있었다는 사실을 깨달았다.

"아, 잠깐만. 이거 다 얼마야?"

"34만 원. 이미 결제했어."

"사람이 집에서 저녁 먹는데 대뜸 부르더니 술값이 34만 원이래. 내가 아무리 그래도 빌린 돈은 매달 따박따박 갚는 중이고, 34만 원이 없어서 얻어먹을 사람도 아니야. 돈 이체할 테니까 내 말 똑바로 들어. 당신은 주변인들 손을 싹 잘라 놓은 다음 왜 자기를 고쳐 주는 사람이 없냐며 징징거리는 종류의 애정결핍 환자고, 나는 바로 그 이유 때문에 당신한테 정말 고마우면서도 미안해. 그리고 두렵기도 해. 당신한테 뭔가 절실한 문제가 생기면, 나는 그걸 도와야 할 거야. 그래서 나까지 손 잘리기 전에 말해 주는 거야."

나정이 휴대폰을 만지작거리다가 내려놓자 민형의 주머니에서 진동이 한 번 울었다. 이체 금액이 정확히 17만 원인지 34만 원인지 35만 5,000원인지 알림을 확인할 필요는 없으리라 생각했으므로, 그는 나정이 글렌모렌지 한 잔을 추가로 주문할 때도 가만히 있었다. 소란스러운 고요 속에 술 홀짝이는 소리만 계속되었다. 그러니까 거액을 빌려 준 입장에서 이런 비난을 듣고도 침묵하는 게 용서가 아니라면 뭔가? 이게 용서가 아니라면 무엇이 용서인가? 이보다 더욱 크고 깊은 것?

동등한 사람 사이에서도 제 역할을 다하는 측과 아닌 측이, 빼앗기는 측과 빼앗는 측이 나뉘었다. 제일의 기여에도 불구하고 가장 적은 몫을 얻어 가는 사람이 있는가 하면 그 반대도 있었다. 스무 해도 더 전, 지자체 대표가 소집해제 전날 민형에게 충고하기를 그 부조리한 계산식에야말로 세상의 이치가 담겼다고 했다. 합당치 못한 상실과 실패에 낭만이라거나 너그러움이라거나 헌신 같은 라벨을 붙이는 것은 개인의 재량이지만 어쨌든 이름을 붙이긴 해야 한다고 했다. 이름을 붙이지 않으면 용서할 수 없으며 용서하지 않으면 어느 무엇도 사랑하지 못 할 것이므로. 그는 곧 떠날 사람이 구태여 충고를 남기는 데에는 각별한 뜻이 있으리라는 생각에 그 문장들을 마음 깊이 새겼으나 온전히 이해하지는 못했다. 나쁜 것은 나쁜 것이고 좋은 것은 좋은 것이다. 용서할 수 없는 것을 어째서 사랑해야 한단 말인가. 좋은 말로 치장해 봐야 결국 기만이 아닌가…….

민형은 잡다한 생각 끝에 우연의 휴대폰을 꺼냈다.

나정이 흥미를 보였다.

"뭐야, 못 보던 휴대폰이네. 세컨드라도 만드셨나?"

"어차피 혼자인데 숨긴답시고 투 폰 만들 게 뭐 있어. 딸 물건이야."

"설마 뺏었어?"

"당분간 폐쇄병동에 넣을까 고민 중이긴 해. 애가 요새 곤란하게 굴어."

즉흥적으로 튀어나온 대답이었지만 곰곰이 생각해 보자 괜찮은 아이디어 같았다. 지연이 두세 달만 정신과 신세를 진다면 휴학할 구실이 생기고 머리도 식힐 수 있다. 민형은 아침에 써 둔 편지를 떠올리며 휴대폰 잠금을 풀었다. 기기 변경을 애진작 마친 듯 상단 바에서 통신국 신호가 사라진 상태였다. 시계는 9시 35분을 표시하고 있었다. 아직까지는 지연이 말을 잘 듣고 있다는 사실과, 25분 뒤에는 지연의 장례식장으로 출발해야 한다는 사실이 맞붙으며 머리 한구석이 아파 왔다.

. @ahayahaya

우우연 (오전 11:27)

비계 안 봐? (오전 11:27)

어제 DM 보냈는데 (오전 11:27)

그냥 만나서 이야기하자 (오전 11:53)

한편 두통이 시작된 데는 또 다른 이유가 작용했다. 짧은 시간이나마 감상주의에 젖을 겸, 가게 와이파이에 우연의 휴대폰을 연결하자마자 트위터 알림이 날아들었던 것이다. 쪽지 발신자는 팔로워가 1이고 팔로잉이 1인데다가 프로필 사진은 새까만, 이상한 계정이었다. 닉네임은 점 하나뿐. 이전 대화 내역은 보이지 않았거니와 비공개 계정으로 설정된 까닭에 연관 계정을 살필 수도 없었다. 일단 트위터 검색창에 @ahayahaya를 써 넣어 보았고, 혹시 다른 사이트에서 쓰이는 아이디인가 싶어 구글 검색도 시도했지만 별 무소용이긴 마찬가지였다.

"그나저나 딸이 친구가 없거든. SNS도 계정만 있고 활동을 안 하는 것 같아."

"응, 뭐."

"그런데 지금 보니까 트위터 계정에 쪽지가 왔어. 만나서 이야기하자고 하네. 보낸 녀석은 팔로워랑 팔로잉이 딱 1씩이야. 이거 뭔지 감이 잡히나?"

"구식으로 비유하자면, 교환일기 같은 거 아니야? 친구끼리 비밀 계정으로 팔로우 맺고 수다 떠는 식으로. 친구가 설마 한 명도 없으려고."

"아니야. 그렇다기에는 수상쩍어. 이렇게 만나자고 할 사람이 아예 없어."

"과민 반응하는 것 같은데. 뭔진 몰라도 애 너무 잡지 마."

"애엄마 잔소리는 집에 가서 네 남편한테나 하고 살아. 사정이 복잡해."

9시 58분이었다. 퉁명스레 내뱉은 민형은 자리에서 일어났다. 등 뒤에서 나정이 글렌모렌지를 두 잔째 주문하는 소리가 들렸다. 비스트로에서 장례식장까지는 오십 분가량 걸렸다.

.∙'∙.

우연과 만날 사람이 딱히 없거니와, 그런 상대가 정말로 존재한다면 뒤처리가 복잡해진다는 사실이 민형을 괴롭혔다. 그러나 차를 몰고 가다 보니 불안이 서서히 잦아들었다. 인터넷 인연은 쉽게 만들어지는 만큼 쉽게 끊긴다. 쪽지를 무시하고 그대로 사라진다면 어쩔 셈인가? 찾아오기라도 할 텐가? 만약 자기 친구의 알맹이가 달라졌다는 걸 눈치채더라도, 심증만 가지고 경찰에 신고할 수는 없다.

다만 적절한 변명을 갖추기 위해서는 지연을 폐쇄병동에 집어넣을 필요성이 여전했다. 전략적인 측면을 제하더라도, 임상적으로도 그런 처방이 필요할 터였다. 건강한 정신을 갖춘 사람이라면 자매를 산꼭대기에서 밀어 죽이진 않을 테니까. 지연은 지금도 동네 의원에서 불안장애와 우울증 약을 받아 먹긴 했지만, 풀 배터리 검사를 시켜 보면 예상치 못 한 게 튀어나올 가능성이 충분했다. 장례식장 주차장에 차를 댄 민형은 전자담배를 태우며 편집증이나 강박 같은 낱말들을 지연의 행동 패턴과 연결해 봤다.

원론적인 설명들 사이에서 헤매고 있노라니 국시를 치른 지 서른 해 가까이 지났다는 사실이 새삼스럽게 와 닿았다. 척추 골격과 주변 근육, 주요 신경들은 눈을 감고도 그릴 수 있을 듯하고 내부 장기에 대한 지식들 역시 그런대로 남아 있는데 정신과 내용은 가물가물했다. 솔직히 인정하건대 일반인보다 잘 안다고 장담하기조차 어려웠다. 양극단에 놓인 두 분과가 첫 음절만큼은 공유하고 있다니 놀라울 따름이었다. 정형외과와 정신과. 뼈를 끼워 맞추고 철심을 박아 넣는 곳과 보이지 않으며 만질 수 없는 것들을 다루는 곳. 고전역학과 생화학. 민형은 오래도록 신경전달물질이니 호르몬수용

체니 하는 것에 명확한 설계도가 있다면 얼마나 좋을까, 그러면 영혼에도 손쉽게 톱을 들이밀 수 있을 텐데 하는 생각에 잠겨 있었다. 그러다가 퍼뜩 정신을 차리고 장례식장 본관으로 향했다.

최민형의 차녀 최지연의 빈소는 3층 1호실에 마련돼 있었다. 엘리베이터를 타고 3층에서 내리자마자 왁자지껄한 소리가 들려왔다. 복도 오른편에 위치한 2호실에서 나는 소리였다. 호상인 모양인지 장례식이라기보다는 축제 같았다. 다른 호실들에서도 꺼이꺼이 우는 소리는 들려오지 않았다. 그 반대급부로 수술에 들어가기전, 민석에게 처가 사람은 일절 부르지 않기로 했다며 통보한 게 떠올랐다. 함께 내린 문상객들은 그가 1호실을 향해 걸음을 옮기는 것을 보더니 실례했다는 듯 고개를 돌렸다. 근조화환도 하나 없이, 텅 빈 빈소를 찾는일이란 그 자체로 치부이며 저들은 남의 치부를 들여다보는 무례를 저지른 것인가.

신발 다섯 개가 놓인 현관을 지나 조문객실로 들어가니 민석 일가(一家)가 가장 먼저 보였다. 테이블에 수육과 떡 접시를 깔고 소주를 기울이는 중이었다. 민형이 가볍게 묵례했다.

"일이 생겨서 늦었습니다."

"고생 많았어, 동생. 식사는 아직 안 했지?"

"예."

대화가 잠시 멎었다. 우혁이 밥과 국을 챙기러 주방으로 넘어가는 사이 민형은 분향실로 향했고, 민석과 형수가 따라 걸음을 옮겼다. 분향대 정중앙에 놓인 지연의 사진을 마주하니 직전의 모친상이 떠오르며 초현실적인 느낌이 엄습했다. 어떤 규칙도 책무도 없는 진공에 덩그러니 버려진 기분이었다. 문상객이 없으니 접객을 할 이유가 없고, 윗사람이 아니라 자식이 죽은 것이니까 영정에 절을 올리기도 뭣했다. 느닷없는 폭소를 터뜨리더라도 미칠 듯한 심정의 발로로만 해석될 것이다. 고민하던 민형은 분향대 곁에 마련된 국화꽃 다발을 물끄러미 바라보다가 국화 줄기 하나를 골라 쥐었다. 그리고 영정을 향해 헌화한 뒤 멈춰 섰다. 그 상태로 꽤나 오랜 시간이 지났다. 민형은 문득 치미는 의문에 민석 부부를 보았다.

"그러고 보니 우연이는 어디 있습니까? 연락 받으면 바로 가라고 말해 뒀는데……."

"12시쯤 왔어요. 애가 왔을 때부터 계속 힘들어하더니 아까는 울음을 못 그쳐서, 도련님이 휴게실 데리고 가서 달랬어."

"민호도 휴게실에 있어요?"

"아까 잠깐 바깥 공기 쐰다고 나갔다. 곧 돌아올 거야."

분향실 뒤편의 작은 쪽문으로 들어가니 두 평 남짓한 작은 방이 나왔다. 지연은 담요를 머리끝까지 덮고 웅크려 자는 중이었다. 깨워서 대화를 나눠 볼까 싶었지만 그랬다가는 벌집을 건드린 꼴만 될 듯했다. 민형은 딸의 머리가 보이도록 담요자락을 살짝 잡아당겨 내렸고, 영정과 눈앞의 얼굴을 대조했다. 눈가가 약간 부은 것을 제외하면 똑같았다. 민형은 손등으로 천천히 아이의 뺨을 쓸어내렸다. 여기에 누운 건 분명히 최우연이다, 우연이일 수밖에 없다고 생각하고 있노라니 문이 불쑥 열리며 결코 보고 싶지 않았던 얼굴이 등장했다. 민호였다.

"지연이가 처음에는 비교적 괜찮아 보였는데, 영정 사진 보고는 한참을 울다가 거의 쓰러졌어. 기력 채울 때까지 내버려두는 게 나아."

민형은 지연에게 시선을 고정한 채로 천천히 고개를 끄덕였다. 소리가 머리에 들어오진 않고 귓전에서만 웅웅거렸다. 그러다가 민호의 말이 마지막 어절에 이르고서야 첫 어절이 떠오르면서 뇌리에 불이 번뜩였다. 그는 고개를 홱 돌렸다.

"지연이가?"

민호는 흠칫 놀라더니 민형을 묘한 표정으로 바라보았다. 바라보기만 했다. 민형은 재차 다그쳐 물었다.

"다시 말해 봐. 장례식장 일 도맡아 처리한 놈이 고인 명을 헷갈릴 수가 없어."

"무슨 소리인진 모르겠다만, 형은 식사부터 해. 사람이 기운을 차리려면 뭐라도 먹어야 하거든. 가뜩이나 큰 수술 치르고 와서 진이 다 빠졌을 텐데……."

"딴소리 하지 말고 재깍 대답해. 너 아까 뭐라고 했어?"

"밥 차려 올 테니 조금만 기다려."

문이 열렸고, 다시 닫혔다. 문틈이 훅 좁아지며 쌍둥이 동생이 사라지는 순간의 이미지가 민형의 뇌리에서 연신 번뜩였다. 우혁이 식사가 담긴 쟁반과 함께 들어올 때까지도 그는 민호를 따라가 정확한 사정을 따져야 할지, 혹은 가만있어야 할지 갈피를 잡지 못 했다. 그나저나 지금 휴게실에 나타난 사람이 민호가 아니라 우혁이라는 사실은 도대체 무엇을 의미할까?

2000년은 의약분업 이슈로 의료계 전체가 들끓던 해

였다. 보건복지부가 '진료는 의사에게, 약은 약사에게'라는 슬로건을 내세우며 두 직렬의 몫을 분리하려 했으나 정작 나온 개혁 방안은 의사에게나 약사에게나 마뜩잖은 것이 되고 말았다. 당초의 기획안에 따르면 의사로서는 손해뿐인 혁신이었다. 전국 전공의와 전임의들이 대학병원을 떠나 여러 차례 파업을 벌이고서야 균형이 맞게 되었는데, 그러자 이번에는 약사가 불만을 터뜨렸다.

그때 민형은 공중보건의 삼 년차로 경상북도의 한 보건소에서 근무하고 있었다. 대학병원에 갈 환자가 종합병원으로, 종합병원에 갈 환자가 개원가로 밀려나면서 보건소에까지 여파가 미쳤다. 한 해 내리 눈이 돌아가도록 바빴다. 이 사태가 얼마나 이어질까, 소집해제 후에 수련 과정을 제대로 밟을 수 있을까 우려스럽기도 했다. 다행히도 하반기에는 어설픈 협상안이나마 타결되면서 의료대란이 진정 국면에 접어들었고, 파업을 택했던 전공의들도 모두 복귀했다. 민형은 그로부터 반년가량이 지나 전역했다. PC통신 게시판에서 논쟁에 참여하는 것만으로 역사의 흐름에 몸담을 수 있었던 시기를 지나, 이젠 정말로 자기 삶을 챙길 때가 온 것이다.

핵심은 결혼과 전공의 수련이었다. 채린과의 사이가 더없이 좋았는데도 결혼을 망설인 것은 전공의 수련 때문이었고, 그럼에도 결혼을 확정한 것 역시 전공의 수련 때문이었다. 정형외과 레지던트 사 년 중 삼 년은 집에 들어가지도 못 하고 걸어 다니는 시체 꼴로 지낸다고들 했다. 당직실에서 두세 시간씩 쪽잠을 잘 수 있다면 양반이고, 일처리 사이사이 십오 분씩 조는 시간을 합해 수면시간을 만들어야 한다는 거였다. 남은 일 년은 퇴근이 가능할 정도로는 업무 강도가 줄지만 펠로우 과정까지 밟는다면 노예 생활 이 년이 추가된다고도 했다. 평생 한 번뿐인 신혼 기간을 주 백십 시간 근무로 날릴 바에는 두 해 뒤를 기약하는 편이 낫겠다 싶으면서도, 그때까지 이 마음이 여전하리라 믿기는 어려웠다. 낭만과 열정이라는 개념이 그 나름의 가치를 지니는 시기에도, 20대 초반에도 군대 이 년을 버티지 못 하고 깨져 버리는 관계가 얼마나 많은가. 진심이라는 환상을 포기하고 제도와 서류의 힘에 기댈 줄 아는 것은 성숙의 미덕이다.

그래도 자녀 계획은 신중하게 접근할 수밖에 없었다. 간만에 집에 들어갔더니 애들이 아빠 얼굴도 못 알아본다던 이야기의 주인공이 되고 싶지는 않았던 것이다. 일단 허니문 베이비는 생각하지 말고, 스케줄에 여유가 찾아오면 그때 논의하자는 쪽으로 합의를 봤다. 그러나 삶이라는 것이 마음먹은 대로만 되지는 않아서, 레지던트 근무를 시작하고는 몇 달이 지나지 않아 덜컥 애가 들어섰다. 여름께였다. 원래는 집에 들어가자마자 쓰러져 누울 생각뿐이었는데 그럴 기력이 어디서 났는지 신기하기만 했다. 죽음의 위기를 느끼면 종족 번식의 본능이 발동한다는 주장은 과연 진실인 모양이었다. 어쨌거나 민형은 했고, 하자마자 기절하듯 잠들었고, 미칠 듯이 울려 대는 휴대폰 소리에 깨어나 병원으로 돌아갔다.

우연과 지연 쌍둥이가 태어나고서도 민형은 한동안 격무에 사로잡혀 있었다. 출퇴근이라는 개념이 일과표에 추가된 후로는 가급적 아이들과 시간을 보내려 했지만 무언가 치명적인 시기를 놓쳤다는 느낌은 가실 줄 몰랐다. 함께하는 시간이 켜켜이 쌓이더라도 묘한 거리감이 여전하리라는 불안. 교수가 될 마음이 희박했는데도 펠로우 과정까지 밟은 것은 그 감각으로부터 도피하려는 방책이었을 테다. 열심히 공부했는데도 불합격하고 마는 상황이 두려워 펜을 놓아 버리는 수험생들처럼, 민형은 격무 속으로 돌아갔다. 그건 분명 오판이었다. 예정에 없던 오프를 얻은 날, 집으로 돌아오자 낯선 남자 신발이 있었다. TV 화면이 불 꺼진 거실 바닥에 아동용 만화영화 특유의 현란한 색채를 부려 놓고 있었다.

민형은 현관에 우두커니 선 채로, TV 앞에 양반다리를 하고 앉은 남자와 그 남자에게 매달리는 작은 덩어리들을 오래도록 바라보았다. 그리고 불을 켰다. 민호가 뒤를 돌아보았다.

"왔어?"

"지금 뭐 하는 거야?"

"형수님이 계속 피곤해하시더라고. 몸만 힘든 게 아니라 심신이 다 지친 거지. 나는 어차피 저녁부터 가게 여니까, 시간 나는 김에 애들 좀 봐 주겠다고 했는데……. 지연아, 숨지 말고. 숨지 말고 가서 인사 드려야지."

민형은 눈알 뒤편에서 용암 같은 게 울컥거리는 것을 느꼈다. 두 딸이 머뭇거리며 허리를 꾸벅 수그리는 것을 보자 돌연 그 온도가 달아나며 머릿속이 온통 새까매졌다. 그는 곧장 집을 나와 어디로 가는지도 모르게 걷기 시작했다. 쪽잠에서나마 꿈꾸던 장면이 민호에 의해 연출되고 있다는 사실, 그 장면의 주인공마저 민호라는 사실, 우연과 지연이 민호 뒤편에 숨었으며 민호의 말을 듣고 인사했다는 사실, 민호가 두 딸을 구분한다는 사실, 채린이 민호에게 애를 맡겼다는 걸 자신은 전혀 몰랐다는 사실에 등줄기가 축축해졌다. 그 자리에서 우격다짐을 벌여 봤자 상황만 악화되었으리라는 사실이 민형에게 최종적인 패배를 선고했다. 그는 아무 모텔에나 들어가 영화를 줄기차게 보다가 잠들었고, 병원으로 돌아갔다.

당시 레지던트 일 년차 중에는 유독 굼뜬 녀석이 하나 있었다. 그날도 어김없이 협진 의뢰를 제때 처리하지 않아서 문제가 생겼다. 민형은 레지던트의 따귀를 올려붙인 다음 민호와의 일도 이런 식으로 해결할 수 있다면 얼마나 좋을까 생각했다. 그러나 어째서인지 레지던트가 죄송합니다, 시정하겠습니다, 하는 말을 횡설수설 읊어 대는 꼴을 보자 두 배로 기분이 처참해졌다. 야, 이 자식아, 시정하겠습니다, 하는 말이 몇 번째야? 너 이거 계속하면서 배우는 게 하나도 없잖아. 기껏 배워 봐야 남한테 지랄하는 거 말고 뭘 배워. 너 같은 새끼들이 시도 때도 없이 욕먹다가 연차 쌓이면 바로 후배한테 지랄하는 거야. 때려 치워. 관둬. 야, 좆같으면 관두라고. 정강이까지 걷어차고서도 분이 가라앉지 않아 씩씩거리며 복도를 지나던 차였다. 살짝 열린 문틈에서 말소리가 두런두런 들려왔다. 간호사들이 잠깐 쉬면서 신경외과 교수에 대한 가십을 나누고 있었다. 민형도 대강 아는 사람이었다.

"NS 박 교수님 있잖아요. 요새 성격이 더 미쳐 돌아가는 게, 마누라가 얼마 전에 집을 나갔다던데. 아들 친

권도 저쪽으로 넘어갈 판이래요."

"그래? 꼬라지 보면 평소 행실 딱 보이지. 보통 여자는 절대 못 버텨. 의대 교수 사모님 소리 듣는다고 될 문제가 아니야. 그런데 자기는 그거 어쩌다 알았어?"

"소문 파다해요."

민형은 그때 눈깔이 뒤집힌다는 말이 비유가 아니라 문자 그대로의 형용임을 깨달았다. 거의 발작하듯 성질을 부리고 나니 영혼이 몸으로부터 살짝 벗어난 기분이 들었고, 그 직전의 기억이 아교처럼 틈에 붙었다. 어느 날 채린이 말다툼 중 갑자기 울부짖듯 외쳤을 때조차도 민형의 뇌리에서는 간호사들의 대화가 재생되고 있었다.

"당신이랑 결혼한 거, 후회해. 내가 사람을 잘못 봤던 건지, 중간에 뭔가 잘못된 건지 고민하기도 이제 지쳐. 알아들어? 시간을 돌릴 수만 있으면, 당신이랑 결혼할 바엔, 차라리……."

"차라리 뭐?"

채린이 입을 꾹 다물었다. 민형은 다그쳤다.

"말을 해. 남은 말이 있을 거 아니야."

"싫어."

"말해!"

민호의 멱살을 잡고 우격다짐을 벌일 일이 여러 차례

생겼다. 의심이 과거로까지 옮겨 붙자 민형과 민호가 일 란성 쌍둥이 관계인 것이 다시 문제가 되었다. 일반적인 친자 검사로는 절대 불륜을 잡아낼 수 없고 DNA 전체를 대조하는 특수 검사가 필요한데, 거의 5,000만 원 가까운 돈이 깨진다고 했다. 큰돈이긴 해도 사안의 무게를 생각하면 지불할 만한 금액이었다. 그런데 검사를 해서 얻어 낼 게 도대체 뭔가? 자신이 뻐꾸기에게 둥지를 빼앗긴 딱새 신세가 되었음을 확정하기? 혹은 의처증으로 인해 허공에 5,000만 원을 날린 사람이 되기?

무엇을 택하든 외통수였다. 민형은 채린의 죽음과 함께 의심을 가슴에 묻었고, 민호와도 휴전 협정을 맺었다. 그러나 녀석이 어릴 적의 우연과 지연을 귀신같이 구분하곤 했다는 사실만큼은 한 번도 잊지 않았다. 잊을 수가 없었다.

∴

민형은 식사를 마친 뒤 벽에 기대 앉아 가능성들을 헤아렸다. 크게는 셋이었다. 민호가 눈치를 챘거나, 지연이 솔직히 털어놓았거나, 자신이 헛것을 들었거나. 셋 모두가 각각의 이유로 그럴듯했으며 각각의 이유로 의심스러웠다. 똑같은 고민을 되풀이하다가 정신을 차려 보니 한 시간이 훌쩍 지나 있었다. 이렇게 마음을 졸이는 것도 못 할 짓이다 싶어 집안사람들을 돌려보낸 뒤 지연을 깨웠다. 지연은 부스스 몸을 일으키더니 말없이 민형을 바라보았다.

"아까 울었다고 들었다. 삼촌이 데려가서 달랬다던데."

"으응."

"무슨 이야기 했는지 솔직히 털어놓아 봐라. 민호가 아까 너더러 지연이라 부르더라. 잘못 들은 거라고 믿고 싶다만, 저쪽에서 뭔가 눈치챘는지도 몰라. 혹은 네가 쓸데없이 솔직해졌을 가능성도 있을 테고. 어쨌거나 너희는 예전부터 삼촌을 잘 따르지 않았냐."

"별말 안 했어. 상황이 이렇게까지 되었는데 나도 들킬 건수 만들 생각은 없다고. 그냥 울기만 하다가, 피곤해서 잔 거야."

"정말이냐?"

"내가 거기서 무슨 말을 해. 영정 사진에 내가 있어서 기분이 이상하다고, 그래서 울었다고 할 수는 없잖아. 삼촌은 몰라. 예전부터 눈치가 빨랐으니까 나중 가면 알아볼지도 모르지만, 아무튼 아직은 아니야. 맨날 말도 안 하고 울고만 있는데 어떻게 알겠어."

"그러면 이 계정이 누군지는 알아?"

민형은 휴대폰을 꺼내 @ahayahaya의 쪽지들을 보여주었다. 지연의 미간이 살짝 좁아졌다.

"처음 봐. 그런데 만나서 이야기하자는 말을 한다는 건, 만남이 확정이라는 뜻 아니야? 약속이 이미 잡힌 것처럼 말하고 있잖아. 무엇보다도 이 사람, 첫 DM을 보내고서는 20분쯤 뒤에 그냥 만나서 이야기하자고 했지. 시간 간격이 굉장히 짧아. 아직 시간이 꽤 남은 약속이라면 이런 식으로는 말 안 해."

"그렇지."

'토요일에 만나서 이야기하자'라거나 '개학하면 보자'가 아니라 '그냥 만나서 이야기하자'라는 멘트를 고른 데에는 마땅한 이유가 있을 터였다. 구태여 입 밖으로 내진 않았으나 민형은 이 계정이 민호와 관련된 게 아닌가 짐작하고 있었다. 심증에 심증을 덧댈 뿐일지라도, 11시 53분 이후로는 새 메시지가 없다는 사실마저도 추측에 힘을 보탰다.

"이게 삼촌이라면 어떨 것 같으냐?"

"몰라."

"모른다니?"

"예상해 볼 만한 부분이긴 한데, 아직 확실한 게 없잖

아. 무엇보다 한두 살 차이도 아니고, 둘이서만 비계로 팔로우 맺고 지내진 않을 것 같아. 저쪽에서 먼저 말을 꺼낼 때까지 기다려 보고, 만약 아무 말도 안 나오면 모른 척 뭉개는 게 낫지 않을까 싶네. 삼촌 입장에서도 들쑤셔 봐야 좋을 건 없는 일인데."

전반적으로 타당한 이야기였지만 민호가 과연 어떤 종류의 위인인지는 판단이 안 섰다. 살짝 정신이 빠지긴 했어도 호의만큼은 진심인지, 진심을 빌미 삼아 교묘하게 자기 잇속을 챙기는지, 혹은 자기 조카와 불순한 교제를 시도할 만큼 타락해 있는지. 민형의 의심은 오래도록 그 정중앙에만 머물렀던 까닭에 왼쪽으로도, 오른쪽으로도 미동이 없었다.

어릴 적부터 겪어 온 바에 따르면 민호는 최선이라는 개념에 기묘한 진정성을 부여하는 녀석이었다. 중학생 시절, 민호 녀석이 운동부 선배의 여자친구와 사귀면서도 정작 그 선배에게는 무척이나 깍듯하게 대하는 걸 보고 혀를 내둘렀던 기억이 났다. 도대체 무슨 심리냐, 사람 놀리는 재미 때문이냐 하고 묻자 뜻밖의 대답이 돌아왔다. 자기는 상대가 바라는 대로 한다는 거였다. 여자애가 양다리를 원하니 그래 주는 것이고, 선배는 공손한 후배를 원하니 그것도 따라 준다고 했다. 자신은 둘 모두가 좋으며 둘은 자신에게 잘해 주니까, 들키기 전까지는 아무 일도 일어나지 않은 셈이니까, 앞으로도 최선을 다하리라는 대답 앞에서 민형은 낯선 충격을 받았다.

모두를 동등하게 아끼며 서로 나누는 관계로부터 삶의 아름다움을 발견하는 인간 유형이란 세인들의 상상과 달리 아름답지 않았다. 멀쩡한 줏대를 갖추지 못한 상태라면 재난이나 다름없었다. 진상이 돌출되기 전까지는 서로에게 만족스러운 환상이 주어진다는 점, 그래서 도리어 진상을 묻어 두게 된다는 점이 그 재난을 더욱 변칙적이고 위험하게 만들었다. 민형은 종종, 운동부 선배에게 상황을 일러바치고 민호가 대판 깨지는 모습을 두 눈으로 보았더라면 형제 관계가 지금보다 나았을까 궁금해하곤 했다. 다른 사람들의 평가를 믿으려 할 때마다 그때의 기억이 복받치며 의심을 일깨웠던 것이다. 즉, 민호가 얽힌 사안에서는 두 가지 요인을 동시에 고려해야 했다. 녀석의 기질과 타인의 소망이었다.

"그래도 가능성을 따져 보긴 해야 돼. 삼촌이 우연이한테만 유독 친하게 굴었냐? 아니면 우연이가 대놓고 따라다니거나 한 적이 있어?"

"내가 알기로는 그런 건 못 봤어."

"둘이서 따로 만난 적은?"

"몰라. 개가 대학 붙은 다음부터는 같이 안 다닐 때가 훨씬 많았으니까. 같은 방 쓰긴 해도, 각자 할 일 할 때는 안 건드렸고……."

"어쨌거나 삼촌이랑 깊이 얽힌 부분은 없는 거지? 지연이든 우연이든 간에."

"최소한 난 그래. 그리고 저번부터 좀 귀찮게 굴어서, 나도 별로 안 엮이고 싶어. 요새 들어서는 고등학생 때 이야기가 부쩍 잦아졌거든. 왜 그러는지는 알겠고, 뭘 강요하는 것도 아니긴 한데……."

"아니긴 한데?"

지연은 한참이나 대답을 망설이더니, 갑자기 고개를 들어 민형을 똑바로 보았다.

"대충 알잖아."

민형은 사유림(私有林)의 경계 앞에서 발목이 잡히고만 사냥꾼처럼 입을 다물었다. 불안의 근원이 뚜렷한데도 구태여 뿌리까지는 들추지 않으려는 것은, 두 딸의 방황이 채린의 죽음과 맞닿은 까닭이었다. 채린의 문제는 민호의 문제이기도 했다. 다만 가출은 기본에 심심하면 파출소까지 드나드는 고등학생을 다루는 건 민호의 전문 분야이기도 해서, 민형으로서도 녀석에게 도움을 구할 수밖에 없었다. 그런 상황에서조차 그랬다. 당시 벌어졌던 일들은 기억하고 싶지 않았다. 그는 혀를 짧게 차며 대화 한 꼭지를 매듭지었다.

"여기까지만 하자. 친척들은 내일 아침 발인 때 다시 오기로 했다. 너도 집에 가서 자라."

12시 반이었다. 장례식장부터 집까지는 왕복으로 한 시간이 살짝 넘게 걸렸다. 지연을 집에 데려다준 뒤 돌아온다면, 발인 준비를 하기 전까지 두세 시간가량 눈 붙일 여유가 날 터였다. 지연은 현관까지 잠자코 따라오더니 갑자기 몸을 돌렸다. 그냥 여기 있을래. 그러고는 주방에서 절편 접시와 사이다 캔 하나를 챙겼다.

주방에는 조리실에서 날라져 온 음식들이 남아 있었지만 조문객실의 평상에는 비닐 식탁보조차 깔리지 않은 상태였다. 민형은 유가족으로서 장례식장에서 밤을 지새우는 일이란 일종의 체험 상품이며 이 상품을 이용하기 위해서는 최소한 50인분의 음식을 비롯한 부자재를 주문해야 한다는 사실을 곱씹었다. 술과 음료에는 호텔 미니바와 비슷한 방식으로 값이 부과되었다. 그는 소주를 한 병 따서 안주도 없이 절반을 마신 뒤 나머지를 개수대에 부어 버렸고, 커피를 한 캔 땄다. 그리고 분향실로 돌아가 아무렇게나 중얼거리기 시작했다. 그때 지연은 분향대 맞은편 벽에 기대어 앉은 채 자기 사진을 뚫어져라 바라보고만 있었다.

"아까는 자기 장례식이 싫어서 울었다더니. 나는 네 머리를 열어 보고 싶다. 무슨 생각을 하는지 알고 싶단 말이야. 밀었다가 안 죽었으면 어쩔 생각이었냐? 무슨 마음으로 그랬어? 이제는 어떤 기분이야? 범인이 사건 현장에 다시 나타나는 것과 같은 심리인가?"

"갑자기 왜 그래. 저번엔 우연이 흉내만 잘 내면 된다 면서."

지연은 그렇게 되물으면서도 영정에서 시선을 떼지 않았다. 민형은 그러려니 했다.

"궁금해서 물어보는 거다. 대답해 봐라. 사람을 죽였 으니 그에 따른 심리가 있을 거 아니냐."

"난 내가 죽었다고 생각 안 해. 그냥 일이 그렇게 된 거야. 하루에도 수십 번씩 기분이 오락가락하긴 하는데 최대한 잘해 보려고."

"바꿔치기는 예상에 없었다?"

"거기까지 생각하지도 않았어. 걔가 죽든 말든 상관 없으니 아빠 표정이나 구경하려 했지. 솔직히 말하면 원 래는 내가 뛰어내리려 했는데, 그랬다가는 아빠 좋은 일 만 하게 될 거 같더라. 몸 망가진 상태로 애매하게 사는 것도 싫고. 아무튼 한 번에 죽을 줄은 몰랐어. 이런 상황까지 올 줄도 몰랐고."

지연은 잠시 말을 멈추더니 또박또박 묻기 시작했다.

"어쨌든 아빠는 지연이를 없앴으니까 좋지? 심란할 부분도 하나 없고? 만약 심란하다면 그건 죽지 말아야 할 쪽이 죽어서고, 들킬 가능성 때문이고, 아빠한텐 아무것도 안 남아서지?"

"그렇진 않아. 어쨌든 난 가족이라는 게 중요하다고 생각하긴 한다."

"아빠가 생각하기엔, 난 누구야?"

"하나뿐인 딸."

"지연이야, 우연이야?"

"둘 중 뭐든 상관없어."

"상관이 있어야 할 텐데."

민형은 침묵했다.

"아빠나 삼촌이나 똑같다고 하면, 나는 내일 당장 아빠가 삼촌으로 바뀌어도 상관없다고 하면 싫어할 거면서. 다른 거 뻔히 알잖아. 그래서 나는 아빠 마음이 궁금해. 딸이나 가족이라는 단어를 무슨 의미로 쓰는지도 이해가 안 가고, 나까지 죽으면 뭐라고 할지도 알고 싶어. 어쩔 수 없는 셈 칠지, 마지막 카드까지 사라진 다음엔

정말로 슬퍼할지. 사실 아빠는 울지도 않잖아. 장례식
장에서나 집에서나 항상 그랬어."

"울다가 할 일을 놓치는 사람은 되고 싶지 않다. 그게
다야."

"난 지금 해야 할 일이 바로 그거라고 생각하는데. 우
는 거."

"사람을 죽여 놓고 우는 건 염치없는 짓이지."

민형은 괜히 퉁명스러운 목소리로 받아쳤다가 실언
했음을 깨닫고 입을 다물었다. 여기에서 한 발짝 더 나
아갔다가는 정말로 채린 이야기가 나올 수밖에 없었다.
채린의 장례식 첫째 날은 거의 아수라장이었다. 장인
이 민형을 보자마자 대뜸 이렇게 물었던 것이다. 최 서
방, 잠도 잘 자고 건강해 보이는구먼. 자네 때문에 채린
이가 죽었다고 생각하지 않나. 도의를 모를 만큼 뻔뻔
한 건가, 그렇게 생각하면 견딜 수 없어서 잊어버린 건
가. 민형의 대답은 단호했다. 저는 한 여자의 남편으로
서, 가장으로서, 두 딸의 아버지로서 살았을 뿐입니다.
부끄러울 게 있다고는 생각하지 않습니다.

처가 사람들이 고성을 쏟아내기까지는 오랜 시간이
걸리지 않았다. 장모가 말없이 울부짖기만 하다가 그만
정신을 놓쳐 버리는 광경 앞에서, 민형은 새하얀 천장을

향해 고개를 들어올렸다. 그리고 자문했다. 참담한가? 확실히 그렇다. 막막한가? 어느 정도 그렇다. 슬픈가? 잘 모르겠다. 감정을 분별해 이름을 붙이려는 시도는 파도를 이루는 물줄기 각각을 골라내려는 것만큼이나 무의미하게 느껴졌다. 그는 매 순간 뇌리를 두드리는 열기와 서늘함과 어둠과 번쩍임과 진득한 무게와 공허에 슬픔이라는 이름을 붙일 수 있었으므로 그 모두는 슬픔이 아니었다. 민호의 책임을 따져 묻는 일 또한 그랬다.

남편이 집에 없는 상황을 뻔히 알면서도 그 아내와 자식에게 깊은 호의를 보이는 것은 월권이다. 동물원 철창 너머로 뻥튀기 간식을 던져 넣는 일과 똑같다. 잠깐은 즐겁겠지만 삶은 즐거움 이상의 책임으로 구성되기 마련이고, 민호는 호의에도 후과가 있다는 사실을 모르는 것처럼 굴었다. 그래서 녀석이 공수표처럼 뿌려 놓은 선의와 돌봄을 수거하고 남은 채무를 짊어지는 건 언제나 민형의 몫이 되었다. 요청하지도 않았는데 남의 빚에 보증을 서 준 다음 자기 스스로도 감당하지 못 해 부도를 내어 버리는 사람에 관해 어떻게 생각해야 하는가. 빚 갚기를 약간이라도 함께했다는 사실에 고마워해야 하는가, 그 부도로 인해 닥쳐 온 파국을 탓해야 하는가. 혹은 애당초 자신에게도 그걸 지불할 여력이 없었다는 사실에 부끄러워해야 하는가. 모를 일이었다.

　민형은 알 수 없는 채로 끝난 문제라면 무엇이든 가
슴에 묻고 더 말하지 않았다. 현실이 느닷없이 흉골을
두드리며 과거를 불러내기 전까지는 충분히 그럴 수 있
었다. 인내와 망각이야말로 그가 용서하고 또 용서를
구하는 방식이었다. 비록 어스레한 감정마저 지우진 못
했지만 그는 추궁을 멈췄고 장모와 장인 앞에서도 침묵
을 지켰다. 두세 해가 지나면 한 딸이 다른 딸을 죽였다
는 사실조차 무상한 것으로, 아픔조차 아닌 것으로 변
하고 말리라.

　지연이 우연을 죽였다…….

　지연은 우연일 수 있었다…….

　지연은 우연이 되었다…….

　해가 뜰 때까지 지연은 무언가를 계속 먹고 있었다.
말은 한마디도 오가지 않았다. 그 아득한 침묵은 민형
에게 익숙한 동시에 두려운 것이었고, 그가 평생토록 품
에 쌓아온 것이었다.

4 관용

　장례식 두 개를 잇달아 처리하고 나니 무탈한 시간이 낯설어졌다. 급박하게 처리할 사안이 아직 남은 듯한데, 간과했던 문제들이 쏟아져야만 할 것 같은데 평온했다. @ahayahaya에게서는 더 이상 쪽지가 없었고 민호도 잠잠했다. 나정은 언제나처럼 한 달치 대출이자와 상환액을 송금해 왔다. 상속 절차와 유산 배분의 경우 말 꺼내는 사람 하나 없는 상태로 논의가 차일피일 미뤄지고 있었는데, 속이 시끄러운 입장에서는 차라리 다행이었다. 유일하게 거슬리는 점은, 글렌피딕 15년 한 병이 택배로 날아왔다는 것이었다. 적포도주 빛 지관통을 노려보고 있노라니 불쑥 지연이 나타나 물었다.

　"그 아줌마가 보낸 거지? 조의금이라도 돼?"

"그럴 일이 있다."

뒤늦게나마 당일 이체내역을 확인해 보기로는 34만 원이 찍혀 있었다. 즉, 민형에게는 공짜 양주가 한 병 생긴 셈이었다. 다만 상자에 담긴 내용물이 그것뿐이라는 사실에 숨이 턱 막히긴 했다. 위스키 따위보다 훨씬 중요한 걸 잃어버렸다는 느낌이 들었지만 그 정체도 대책도 떠오르지 않았다.

그는 언제나 그랬듯 병원으로 출근했고, 퇴근 후에 잠시 자전거를 타다가, 자기 전까지 영화를 봤다. 중간중간 영수증을 확인하거나 유가족 진술을 위해 경찰서에 방문하는 등 잡다한 사안을 처리할 일이 생겼으나 그마저도 일상의 일부인 듯 느껴졌다. 일요일 저녁, 거실 소파에 자리 잡은 민형은 자신의 삶이 평소와 같다는 사실에 전율했다. 바로 저번 달에도 그는 이 자리에 앉아 있었으며 딸들이 함께 쓰는 방문은 닫혀 있었다. 그는 빔 프로젝터를 끄고 지난 한 달간의 통화 내역을 살폈다. 그리고 잠시 고민하다가 민석에게 전화를 걸었다.

"형님, 집에 우혁이 있습니까."

"거실 TV로 무슨 자동차 영상 같은 거 보고 있다. 왜 그러냐."

"잠깐 시간 낼 수 있을까 해서요. 바꿔 주십시오."

심장이 네댓 번 뛸 정도의 시간이 흐르더니 보다 젊은 목소리가 말을 받았다.

"안녕하세요, 작은아버지. 우혁입니다."

"오늘 강의 나가냐."

"아, 오늘은 쉽니다. 아까 전까지 포뮬러 원 방송 보고 있었습니다."

"소고기 사 줄 테니 얼굴 한번 보자."

나정에게 연락했다가는 정말로 경을 칠 듯해서 우혁을 대용 삼긴 했지만, 이런 사안이라면 조카 녀석이야말로 적임자라는 판단 또한 작용했다. 우혁은 요컨대 돌아온 탕아 같은 인간이었다. 명문대에 입학해 1학년부터 논술 과외와 강의로 돈을 벌다가, 돌연 모은 돈에 더해 대출금까지를 모두 도박판에 쏟아붓기 시작했다. 그러다가 학원가 일이 끊겨서 지방 공장들을 기웃거리게 되었고, 거기에서도 이삼 주쯤 일하다가 도망치는 상황이 반복된 까닭에 아예 노숙을 하게 되었다고 들었다. 우혁이 군대를 다녀온 뒤부터 본격적으로 돈 문제가 터지기 시작했으니 그 세월이 십 년이 넘었다.

그동안 민형은 민석의 상황에 연민을 느끼다가도 그 여파가 자신에게까지 넘어온다는 생각에 짜증을 삼켰고, 한편으로는 쌍둥이 딸들이 저 꼬락서니까지 되진 않았다는 사실에 위안을 얻었다. 이제는 거기에 의구심이 추가되었다. 그 망나니가 도대체 무슨 깨우침을 얻었기에 정신을 차렸는지 신기할 따름이었다. 게다가 정신을 차렸대 봐야 서른다섯에 겨우 회생 절차를 밟기 시작한 신용불량자일 뿐인데, 민석이 우혁을 뿌듯해하는 까닭도 짐작이 안 갔다. 도통 화목할 수 없는 상황에서 즐거움을 찾아내는 비결이 뭐란 말인가.

"편하게 먹어라."

"감사합니다."

결국 만남의 목적은 그 비결을 알아내는 것일 수밖에 없었다. 다만 대뜸 본론으로 들어가기엔 껄끄러운 주제인지라, 불판에 깔린 고기가 익을 때까지도 민형은 첫 마디를 고민하고만 있었다.

"나는 요새 인생을 돌아보고 있어. 중년의 위기라고나 할까, 그냥 위기라고나 할까, 세상에 혼자 남은 기분이야. 실은 처음부터 혼자였다는 걸 뒤늦게나마 깨달은 셈이지. 이때까지 살아오면서 뭐가 남았는가 싶어. 나는 최선을 다한 것 같은데……."

장고 끝에 악수를 둔다더니 결국 튀어나온 말은 스스로 듣기에도 뜨악한 수준이었다. 영화 대사였더라면 코웃음을 쳤을 게 분명했다. 민형은 줄곧 싸구려 통속극이 송출되는 아침 TV와 대형 스크린을 혼동하는 각본가들을 경멸해 왔다. 그때는 정제되지 않은 통속극에야말로 삶의 진실이 담겼다는 사실을 몰랐다. 그는 고개를 설레설레 내젓고는 찬물을 들이켰다. 우혁이 남의 속도 모르고 살랑댔다.

"이런 말씀 드려도 될지 모르겠지만, 심정이 어떠실지 짐작이 안 가긴 합니다. 그래도 저는 항상 작은아버지 존경했습니다. 저희 어머니 말씀처럼 최씨 집안에서 제일 건실하신 분이시잖습니까. 아버지야 공기업 정년까지 다니다 퇴직하셨으니까 유일하게까지는 아니더라도, 민호 삼촌이나 저 같은 케이스 생각해 보면 비교가되죠. 저는 그런 게 항상 어려웠거든요."

"민호는 하자가 많다는 이야기처럼 들리는데."

"뭐, 그렇다기보다는…… 솔직히 그렇긴 합니다. 제가 남 말 할 처지는 아니긴 하지만 민호 삼촌도 젊었을 때는 제 수준이었던 것 같아요. 엄청나게 사고를 치고 다니셨다고 해서. 저야 이야기 들으면서 나름대로 위안이 되었는데 할아버지는 엄청 골머리 앓으셨겠다 싶더라구요. 지금도 사람 본성은 어디 안 간다 싶은 게, 민호 삼촌이 간이 되게 안 좋으시거든요. 가게 접으신 것도, 운영이 어려워서보다는 의사한테 한소리 들은 게 제일 컸다고 압니다. 계속 술을 접할 수밖에 없는 환경이라면 그냥 일을 하지 말아라, 계속 칵테일 바 하다가는 죽는다……. 그런데 지금도 술을 못 끊으신 걸 보면 옆에서 보기에도 좀 그렇죠."

"가게 접은 게 돈 때문이 아니야? 그러면 저번에, 합천에서 한 얘기는 뭐야?"

"선산 다녀온 후에 점심 먹으면서 대화 나눴던 거 말씀이시죠?"

"그래."

"사실대로 말했다가는 저희 아버지가 술 안 시킬 테니까 거짓말하신 거죠. 민호 삼촌 성격이 좀……. 그래도 이거저거 떼면 최저 시급 수준으로만 남는다고 듣긴 했어요. 삼촌은 남한테 퍼주고 다니는 게 워낙 많아서, 쪼들리긴 했을 겁니다. 정확히는 모르겠네요. 그런 만큼 자기도 스스럼없이 이것저것 부탁하고 다니는 스타일이라서, 받는 것도 은근히 많을 겁니다. 가끔 무리한 부탁도 턱턱 하시거든요. 다만 거절한다고 해서 원한을 품진 않으니까 부담이 없는 것이고요. 또, 사람이랑 어울리는 거 자체를 좋아하시니까 미워하기가 쉽지 않죠. 일단 제가 느끼기로는 그렇습니다."

"듣자 하니 궁금해지는 게 하나 있어. 만약 네가 밥을 사 달라면 나는 사줄 거야. 그런데 왜 너는 나한테 그러질 않고 민호한테만 가나?"

"아까 말씀드렸다시피 저야 밖으로 나돈 시간이 길었으니까…… 건실하게 사는 사람들 만나면 주눅 드는 면이 큽니다. 바쁘신 분한테 폐 끼치는 듯해서 죄송스럽기도 하고요."

우혁은 고개를 떨어뜨리더니 쑥스러운 듯 설명을 이어갔다. 염치없이 사는 사람일수록 속으로는 잃어버린 체면을 의식하기 마련이었다. 수치심이 패악질로 나타나느냐, 도피를 부추기느냐의 차이가 있을 뿐이었다. 이때 정신을 다잡는 데 도움이 되어 주는 것은 건실한 사람보다는 똑같은 망나니일 수밖에 없다고 했다. 본가에 가면 혼날 게 뻔하고, 부모님이 속 터져 하는 모습을 보면 절로 부끄러워지니까 밖으로 나돌게 되는데, 반대급부로 민호 같은 상대에게는 편히 연락할 수 있다는 거였다.

"작은아버지께서 듣기엔 우스운 이야기일지도 모르겠지만, 엉망진창으로 살아 본 사람만 해 줄 수 있는 위로가 있습니다. 금융 투자 전문가, 경영 전문가가 있듯이 망한 인생의 전문가도 있는 겁니다. 재작년 초에, 제가 아버지한테서 5,000만 원을 받았거든요. 급한 빚 갚고 새출발하라고 주신 건데 그걸 들고 또 필리핀에 다녀왔어요. 날렸죠. 그 사이 계좌는 차압당하고 휴대폰까지 정지되었으니 사회적으로는 이미 한 번 죽었던 셈이고요. 이제 어떡해야 하냐고 민호 삼촌한테 물어보니까, 일단 본가에 돌아가서 빌어 보고 안 되면 드러누우라고 하시더라고요. 그 말 듣고 마음 정할 때까지, 보름가량 삼촌 댁에서 밥 얻어먹으면서 지냈습니다. 가게 청소랑 설거지 하면서 용돈도 받고……."

"자기가 하던 짓 똑같이 가르치는군. 그런 거 배워서 하등 좋을 게 없어. 남한테 폐 끼치는 수작이지."

"기본적으로는 민폐죠. 하지만 계속 밖으로만 나돌았으면 갱생도 못 했을 테니까, 이런 게 참 복잡하다고 생각하긴 합니다. 다른 사람은 몰라도 저는 삼촌한테 감사하고 살아야 한다는 생각이 있죠. 앞서 말씀드렸다시피 작은아버지께서는 소감이 많이 다르시겠지만……."

우혁은 눈치를 보듯 말끝을 흐렸다. 민형은 고개를 끄덕였다.

"좋아, 나는 폐라는 것을 의식하는 기전이 의아스러워. 공로도 마찬가지고. 어차피 우리 조카는 그렇게 살아오면서 나한테도 폐를 끼친 거야. 요컨대 나는 최씨 집안 지갑이고 거기에 고기값 20만 원쯤 추가되는 건

110

별일도 아니거든. 또한 같은 논리로 보면 네 삼촌이 최저 시급만큼 벌어서 남한테 퍼주고 사는 건 부모님 병원비를 안 보태도 되기 때문이고, 자기 스스로도 그게 즐겁기 때문이야. 곰곰이 따져 보면 그건 인품도 인망도 아니고 무책임이야. 이 아이러니를 너도 알지?"

"지갑이라뇨…… 그런 생각은 해 본 적 없습니다. 솔직히 말씀드리자면 무서운 분이라는 인상이 있긴 했습니다만 이건 제가 워낙 엉망으로 살아봐서가 클 겁니다. 자격지심이죠."

"지금 내가 네 심정을 물었어? 말 돌리지 말고 대답이나 해."

민형은 다그쳐 놓고는 곧바로 후회했다. 그러나 주워 담아야 할 만큼 큰 실언은 아니라고도 생각했다. 우혁은 잠시간 망설이더니 살짝 단호해진 목소리로 운을 뗐다.

"민호 삼촌이 좋은 사람 행세를 할 수 있는 게 작은아버지 덕분이다, 이건 맞습니다. 저도 인정합니다. 다만 사람이 일상 속에서 인과를 일일이, 논리적으로 따지진 않으니까…… 분위기가 중요하죠. 태도나 감정 같은 거요. 사실 전 인간관계에서 제일 중요한 건 물질적으로 뭐가 오가느냐가 아니라 마음 자체라고 생각하고 있습니다. 마음의 힘이라고나 할까요."

"마음의 힘이라, 열 살배기도 아니고 나잇살 먹은 조카에게 듣기엔 낯간지러운 소리인걸. 자세히 설명해 봐."

"사실 제가 개과천선한 게 한 선배 덕분입니다. 대학 선배님이요. 본가로 돌아온 뒤에는 어머니 눈치에 얌전히 백수로 지냈죠. 그러다가 심심해서 선배한테 연락했더니 자기 학원에서 일을 하래요. 했습니다. 중간 중간 대판 사고를 쳐서 욕을 먹었는데 자르진 않더라고요. 그게 참 신기한 겁니다. 물어보니까 선배님이 그러시더라고요. 나는 인간 최우혁을 믿는 게 아니라 내 믿음을 믿는 거다. 서른넷씩이나 돼서 그러고 다니는 놈이라면 갱생하기 글러먹은 것 같긴 한데, 그래도 나는 내 판단이 옳다는 걸 믿어 보고 싶다. 처음 들을 때는 무슨 소리인가 했는데, 그런 믿음 자체에 힘이 있더라고요. 학생들 대할 때도 비슷합니다. 네가 지금은 40점이지만 나랑 같이 공부하다 보면 언젠가는 100점을 받을 수 있을 거다, 나는 그걸 믿는다, 이렇게 해야 80점이라도 나오게 됩니다. 그런 태도가 없이, 나는 강의 잘하고 있으니 알아서 들으라는 식으로만 나오면 절대 성적이 안 오르고요."

민형은 나정의 말을 상기했다.

"즉, 믿음이란 일종의 용서인가?"

"용서가 믿음의 연장이라고 하는 게 옳을 겁니다. 지금은 아니더라도 장래에 바뀌리라는 믿음을 전제하고 이루어지는 행위니까요. 비교할 만한 일로는…… 처벌은 과거에 대한 행위고, 잊는 건 아예 시간을 벗어나려는 시도지요. 하지만 인간의 삶이란 미래를 현재로 끌어옴으로써 계속되기 마련이니까, 다음 국면으로 넘어가기 위해서는 용서가 있어야 하는 겁니다."

"도박장에서 도라도 닦은 모양이지."

우혁은 멋쩍은 듯 웃었다.

"이런 말은 엇나가기 전에도 잘했습니다. 그때는 무슨 의미인지도 모르고 단어만 기워 붙이는 수준이었지만요. 좋은 말들의 맹점도 거기에 있는 것 같습니다. 말을 듣고 이해하려면 우선 그 교훈이 마음속에 있어야 한다는 거요."

"하여간 네 말은 알겠다. 하지만 그 정의를 따르더라도, 믿음이란 결국 어음을 받아 줄 것이냐 말 것이냐 하는 문제잖아? 문자 그대로의 신용이야. 내가 지금은 돈이 없다만 여섯 달 뒤에는 5,000만 원을 구해 오겠소, 하는 약속에 고개를 끄덕여 주는 셈이지. 그런데 금전 문제는 법적 송사로 끌고 갈 수 있다지만 인간 사이의 약속은 웬만하면 그렇지 않아. 따져 봐야 소용이 없거나 따지는 쪽이 도리어 우스워지는 경우가 부지기수거든. 그렇다면 부도 위험을 무릅쓰면서까지 어음을 거듭 끊어 줄 이유가 있나? 조카는 그 비결이 뭐라고 생각해?"

"부모님이랑 선배님이 절 무슨 생각으로 참아 줬냐…… 이런 질문이시죠?"

"그래."

"글쎄요, 저도 의아하긴 합니다. 계속 부도 어음만 건넨 입장에서는 감사할 따름이죠. 물론 제가 강의하고 첨삭할 만큼은 머리가 굴러가니까, 아예 엇나가기 전까지는 그럭저럭 벌었으니까 선배님도 그 점을 믿고 투자한 게 있긴 할 겁니다. 즉, 사실무근인 믿음을 밀고 나가라고 강권할 수는 없어요. 균형을 잘 잡아야겠죠. 불확실성을 감수해야만 하는 부분이 있다 정도로 정리하겠습니다."

"상대가 어음을 부도 낸 까닭에 삶이 망가졌다면? 도무지 부도가 나서는 안 될 상황에서 그런 사태가 발생했다면? 그러고서도 다시 믿어 주어야 하나? 그럴 때는 아예 끝장을 보거나, 잊어버리고 없던 일인 셈 치는 게 차라리 편하지 않아?"

"그 문제도 마찬가지로 중용이 중요하겠죠. 저도 항

상 용서해야 한다고 생각하진 않아요. 사안마다, 각자의 여유마다 판단이 달라지는 부분이라 딱 짚어 말씀드리기가 어렵긴 합니다. 다만 저는 운이 좋았던 편이니까, 제가 용서받은 만큼 저 스스로도 남들을 믿어 보려 하는 거죠. 그게 제 역할이기도 하고요."

우혁은 또다시 학원 일로 예시를 들었다. 총점을 기준으로 학생들을 줄 세우고 최종 합격자를 결정하는 것은 대학 입학처의 몫이지 강사의 역할은 아니라는 거였다. 보통 사람은 타인을 선택하기보다는 함께 목적지를 향해 가는 입장일 수밖에 없으니까, 학원 바깥에서도 가급적이면 후자의 태도를 취하려 한다고 했다. 민형은 우혁이 내세우는 논리가 그런대로 타당하다고 생각했으나 불필요한 곡예에 가깝다고도 느꼈다. 종교의 작동 원리와 비슷했다. 전지전능한 신을 가정하기 때문에 악이 존재하는 까닭을 해명해야만 하고, 이를 위해 자유의지와 예정을 들먹이게 되는 체계란 그 정교성과 별개로 무척이나 거추장스러운 것일 수밖에 없었다. 용서와 발전에 대한 논변도 마찬가지였다. 본능만으로도 충분히 설명이 가능한데 굳이 미래와 과거를 끌어들일 필요가 무엇이란 말인가. 좋은 것을 취하고 나쁜 것을 피하려는 태도와 살던 대로 살아가려는 태도는 인간의 이율

배반적인 본능이었고, 이러한 이율배반의 합작이야말로 민형이 알고자 하는 모든 것이었다.

"그나저나 우리 조카가 생각하기엔 작은아버지가 뭘 놓친 것 같아?"

"예?"

"솔직히 말하자. 나는 최씨 집안 지갑이다. 형님이든 동생이든 지금 사정이 심각해서 네 할머니, 할아버지 병원비를 내가 거의 다 댔다. 여느 집안처럼 돈 문제로 고성 오가고 형제끼리 싸움박질 벌어지지 않는 건 순전히 내 기여야. 네가 그딴 식으로 나돌아도 형님이 인내심 발휘하며 믿어 준 것까지가 내 공로란 말이야. 그런데 네 아버지는 왜 자꾸 민호랑만 술을 마시지? 왜 나한테는 한 번도 연락한 적이 없지?"

우혁은 눈을 동그랗게 뜨더니 도망칠 구석이라도 찾듯 주위를 두리번거렸고, 한동안 답을 미뤘다. 직전까지 용서와 죄에 대해 실컷 설교한 놈이라고는 믿기 어려울 정도였다. 민형은 눈을 가늘게 떴다. 관념론은 삶을 벗어난 상태로만 거창하고 고고한 기세를 유지할 수 있다는 게 그의 지론이었다. 과거를 사후적으로 해석하거나, 애당초 일어나지 않은 일에 대해 고담준론을 늘어놓는 데에나 쓸모 있는 것이다. 역시나 이번의 대답은 기대 이하였다.

"저희 아버지도 작은아버지 무척이나 걱정하십니다. 괜히 눈치 없이 굴었다고 계속 후회하고 계시고요. 섣불리 연락했다가 의가 상할지도 모르겠다 싶어서 망설이시는 거지, 나쁜 마음으로 그런 건 아닙니다. 술 마시자고 하면 바로 나오실 겁니다."

"평소에도 먼저 연락을 받아 본 적이 없어."

"작은아버지 취향이 고급스러우시지 않습니까. 그렇다 보니 소주병 늘어놓고 부어라 마셔라 하는 자리라면 굳이 모시진 않는 것이고요……."

"나도 소주를 마셔."

"그렇군요……."

"내 딸들은 왜 뻔질나게 민호 녀석 가게에 들르지?"

"거기 분위기 괜찮습니다. 음식도 맛있고요. 저도 선배님이랑 같이 가 본 적 있는데……."

민형은 불쑥 화가 끓어오르는 것을 느꼈다.

"우리 조카는 빚이 태산인데 밥맛이 좋니?"

"죄송합니다……."

‥∴.

대화의 흐름이 한번 틀어진 다음부터는 민형의 독무대였다. 화두에 오른 주제는 다양했지만 결국엔 두 가지 갈래에 붙들려 있었다. 하나는 민호가 싫다는 것이었고 다른 하나는 우혁을 보면 민호가 떠오른다는 것이었다. 보통 사람이라면 벌컥 화를 터뜨릴 임계점이 한참이나 지났는데도 우혁이 거듭 죄송하다고만 말하는 것은 민형의 딸이 죽었기 때문일 것이다. 어떤 사람들은 결정권이 있는 상황에조차 구태여 패배를 택함으로써 상대를 완패시킨다. 그래서 원래 우혁의 몫이었어야 할 분노는 민형의 몫이 되었고, 그는 어쩔 줄을 몰랐다. 떠오르는 대로 말하다가 문득 정신을 차려 보니 만남이 끝나 있었다.

소득이 있는지 없는지 긴가민가한 시간이었다. 속 시원한 답은 얻어 내지 못 했지만 그런 해결책이 없다는 것만큼은 확실히 깨우칠 수 있었다. 그 깨우침이란 민형 자신에 대한 자각이었고, 무능력의 통감이었으며, 낯선 세계를 다시금 바라보는 일이었다. 원리를 이해한 뒤 재량껏 판단할 문제가 있다면 그 존재 자체를 인정해야 하는 문제도 있는 법이었다. 작금의 사안은 후자였다. 중력을 부정한다고 해서 사과가 하늘로 솟지는 않는다. 중력파의 원리를 이해하거나 말거나, 원자핵이 쿼크로 이루어져 있음을 알거나 말거나, 그런 것들은 그냥 존재한다.

다만 완강한 고집을 내려놓고 그저 받아들이기만 할 분기점을 정하는 데에는 직관이랄지 센스랄지 하는 능력이 작용했다. 돌이켜보건대 민형은 그 능력의 결여를 생의 전반기부터 어렴풋이나마 눈치채고 있었다. 1994년 말, 그가 본과 2학년이었을 때 〈포레스트 검프〉가 개봉했다. 민형이 실제로 감상하게 된 건 다섯 해 뒤였다. 드라마 장르를 즐기는 편이 아니었는데도 비디오 가게 점원이 강권에 가까울 정도로 극찬하기에 집어든 영화였는데, 기대했던 감흥은 얻지 못 했다. 실망스럽다기보다는 의아하다는 느낌이 컸다. 그 감각은 세월이 흐르며 철저한 냉소로 변해 갔다.

〈포레스트 검프〉는 덜떨어졌지만 우직한 청년이 미국 현대사의 격동을 통과해 나오며 삶의 고락을 누리는 이야기였다. 사람들이 평하기로는 그랬다. 그러나 민형은 대전제부터 동의할 수 없었다. IQ가 75에 불과한 경계선 지능 청년이 미식축구 국가대표가 되고, 베트남전의 영웅이 되었다가, 탁구 국가대표로서 국제 대회에 출전하고, 새우잡이 배의 선장이 되어 떼돈까지 버는 이야기는 가슴 뛰는 극복기도 감동의 여정도 아니고 다만 환상이다. 만약 그게 실제로 일어난 일이라면 당초의 IQ 검사지가 잘못되었던 것이다. 소꿉친구이자 여주인공인 제니와의 러브스토리는 더더욱 이해하기 어려웠다. 매 순간 최악의 선택지를 고르는 상대에게 그렇게까지 헌신할 이유가 무엇이란 말인가. 어린 시절의 추억이란 그토록 강력한 속박이 되는 것인가. 혹은 매번 승승장구하는 주인공에게 주어진 단 하나의 시련인가. 우여곡절 끝에 동거를 시작하나 싶더니 제니는 첫날밤을 보낸 후에 그만 도망쳐 버린다. 주인공은 일곱 해가 흐른 뒤에야 겨우 제니를 찾아내고, 제니는 방에서 TV를 보는 아이가 주인공의 아들이라고 말한다. 이어지는 장면 앞에서, 민형은 사고의 근간이 부정당하는 듯한 짜증을 느꼈다. 주인공은 진짜냐며 되묻지 않는다. 다만 그 애가 낮은 지능을 물려받았을까 걱정하고, 반에서 가장 똑똑한 아이라는 대답에는 활짝 웃는다. 여기까지는 이해가 갔다. 영리한 것은 좋은 것이다. 다만 그 애가 덜떨어졌더라도 주인공은 행복했으리라는 추정, 지금의 확언은 각본가가 냉소하는 관객들에게 아첨할 방편이라는 추정이 민형을 괴롭혔다. 바로 자신 같은 유형의 불만을 가라앉히기 위해 던져 주는 고기 조각이다.

영화가 끝난 뒤, 민형은 자신이 주인공이었더라면 어

뎧게 반응했을까 생각해 봤다. 그게 진짜냐고, 그 말을 어떻게 믿느냐고 물었을 것이다. 그 애의 이목구비에서 기어코 제니를 거쳐 간 남자들의 얼굴을 발견했을 것이며, 만약 그럴 수 없다면 자신과의 차이점을 찾아내기라도 했을 것이다. 애당초 제니를 찾아가지조차 않았을 것이다. 영화를 반납하러 비디오 대여점에 발을 들이자 직원은 내심 기대하는 표정으로 감상 소감을 물었다. 민형은 웃으면서, 그러나 떨떠름한 기색을 지우지 못 한 채로 대답했다. 제니랑 다시 만나는 장면이 꽤 인상적이던데요. 사람들이 왜 좋아하는지 알겠더라고요.

인상적이라는 서술은 긍정적인 의미로도 부정적인 의미로도 쓰일 수 있다. 〈포레스트 검프〉의 명대사. 인생은 초콜릿 상자 같아서, 열어 보기 전에는 어떤 초콜릿을 집게 될지 절대 알 수 없단다. 그러나 인생은 때때로 죽은 쥐와 벌레가 든 상자다. 집으로 향한 민형은 현관문 앞에 한참이나 우두커니 서 있었고, 불 꺼진 거실을 마주했을 때는 도리어 안심했다. 그러나 지연의 방문 너머에서 희미하게 맴도는 목소리를 듣자 심장이 덜컥 내려앉았다. 그는 문을 벌컥 열고 들어갔다. 지연이 벽에 기댄 채 누군가와 통화하고 있었다. 눈이 마주치자마자 통화가 끊겼지만 민형은 스피커폰을 통해 들려

오던 목소리를 기억했다.

"누구랑 통화하고 있었어?"

"내 문제야. 아빠가 신경 쓸 일 아니야."

도망칠 구석이라도 찾듯 지연의 눈동자가 슬그머니 움직여 방을 훑었다. 지연이 쓰는 방은 일반적인 아파트에서는 안방에 해당하는 공간으로, 수납장과 협탁을 사이에 두고 싱글 침대가 두 개 놓여 있었다. 왼편의 것은 지연의, 오른편의 것은 우연의 몫이었다. 민형은 정갈하게 정돈된, 오른편 침대의 이불을 바라보다가 지연을 향해 손을 내밀었다.

"휴대폰 내놔 봐라."

"그냥 아는 사람이야. 내가 알아서 할게."

"그러니까 줘 보란 말이야. 누구인지만 볼 거야."

지연은 잠시 가만히 있더니 두 눈을 부릅떴다. 흰자가 거의 없는 듯한 게 으르렁대는 요크셔테리어 눈동자 같았다. 쏜살같이 달려 나가는 쥐 잡이 개. 지연은 몸을 홱 돌리더니 안방 화장실로 달려 들어갔다. 단단한 게 서로 부딪히는 소리가, 휴대폰 유리가 세면대 상판 인조 대리석에 부딪혀 깨지는 소리가 세 차례 났다. 두 차례째에 붙잡았는데 세 차례나 났다. 머릿속이 너무 뜨거워져서 아무 온도도 느껴지지 않았다. 지연이 계속 몸부

림쳤다. 씨근대는 숨소리가 목구멍에서 나는지 귀로 들어오는지 모를 지경이었다. 민형은 팔을 놓고는 휴대폰을 주위 작동 여부를 확인했다. 까맣게 죽은 화면을 보자 길게 말하기도 싫어졌다.

"너는 월요일 해 뜨자마자 폐쇄병동행이다. 카드 정지시킬 테니 집 나갈 생각 하지 말고 짐이나 싸도록 해라. 정 나가고 싶으면 베란다로 떨어져도 좋겠지. 너희 전문이 그거 아니냐."

"너희라고? 지금 제정신으로 하는 소리야? 진짜 나까지 죽는 꼴 보고 싶어?"

"그러면 우리라고 하자. 나라고 해서 뛰어내릴 줄 몰라서 이렇게 사는 게 아니야. 만약 폐쇄병동에서 세 달쯤 보낸 뒤에도 죽고 싶은 생각이 여전하면 그때 말해라. 내가 대신 네 눈앞에서 그래 줄 테니. 그러면 공범도 사라지고 세상에 너뿐이니 아주 좋겠구나. 그 정신머리로 멀쩡히 돈 벌면서 살 것 같진 않지만 남은 재산 까먹을 줄은 알겠지. 상속세 처리는 민호 삼촌한테 도와달라고 하거라. 나야 이 모양 이 꼴이지만 그 녀석은 뭐든 알아서 잘해 주지 않냐."

"그냥 지금 죽어!"

그대로 방을 돌아 나오려는데 바락바락 외치는 목소

리가 등을 긁었다. 민형은 지연이 간만에 옳은 소리를 한다고 생각하며 거실 베란다에 섰지만 외창까지 완전히 열 기력이 없었으므로 관뒀다. 혹시 모른다, 부족한 건 기력이 아니라 용기일지도. 지연의 울음소리가 어찌나 큰지 닫힌 방문에 이어 베란다 유리창까지 뚫고 들어왔다. 민형은 울고 싶을 때 울 수 있는 무책임성을 때때로 부러워했다. 그는 전자담배를 작동시키며 영화의 한 구간을 떠올리는 것으로 도피했다. 노스트로모 호의 정비사인 파커는 외계인을 추적하기 위해 화물칸으로 향한다. 정비사의 일상으로…… 기계적인 미로로…… 죽음으로. 외계 생명체의 얼굴이 화면 전체를 뒤덮으며 비명이 울려 퍼진다. 정신이 계속 그 장면 언저리를 맴돌며 깜박거렸고, 그러는 동안 〈파커스 데스(Parker's Death)〉 사운드트랙이 점차 선명하고 뚜렷한 느낌으로 다가왔다. 금관악기의 글리산도 속에서 격렬하게 교차하는 증4도와 단2도 음정.

민형은 문득 그 소리가 머릿속이 아니라 주머니에서 들려오고 있음을 깨닫고 휴대폰을 꺼냈다. 우혁의 전화였다.

"작은아버지, 잠깐 시간 괜찮으십니까. 우연이 관련해서 약간 고민되는 부분이 있어서 연락드립니다. 아까 식사하면서 말씀 들기로는 관계가 좀 소원하시다고…….”

“횐소리 할 거라면 끊어.”

우혁은 오래도록 망설였다. 민형은 아무 생각 없었다.

“제가 이런 이야기를 꺼내는 게 옳은 판단인지 잘 모르겠습니다. 작은아버지께서 힘들어하시는 데에 제가 모르는 사정이 있다고 느끼기도 합니다. 저는 거의 십 년 넘게 이 집안에 없었던 사람이고, 그렇다 보니 이미 알고 계시는 부분을 들쑤시는 건 아닌가, 괜한 소리를 하는 건 아닌가, 또 추측만으로 떠들게 되는 건 아닌가 조심스러워집니다. 그러니까…….”

“그러니까?”

“삼촌이 간이 안 좋으시다는 게, 상당히 심한 상태입니다. 공여를 받아야 할 정도예요. 저한테도 얼마 전에 찔러 보셨는데 혈액형 자체가 달랐던지라 파투가 났죠. 만약 같다 쳐도 그런 부탁을 대뜸 던지는 게 뜨악스러운 면이 있고요.”

“뭐, 싫은 놈 알아서 죽을 테니 안심하라 이 소리야?”

“아뇨, 그게 아니라…… 작년 하반기에, 선배님 모시고 삼촌네 가게에 간 적이 있습니다. 지연이랑 우연이가 있더라고요. 둘이 삼촌을 아빠라고 부르던데, 그게 꽤 익숙한 것 같았습니다. 일단 둘이 절 보고서는 입을 다물기에 저도 그 자리에서는 모른 척했습니다만, 나중에 삼촌한테 따로 여쭤보긴 했습니다. 벌써 4수째라 스트레스가 심하고, 애들이 작은아버지를 워낙 무서워한다기에, 차라리 삼촌이 아빠였으면 좋겠다고 엉엉 울어서 어쩔 수 없이 받아 주고 있는 것이라 들었는데, 저는 사실 그게 옳다고 생각하진 않습니다. 모습이 영 이상하지 않습니까. 그래도 애들 심리가 그렇다니 제 주제에 참견할 일은 아닌 것 같아서, 선배님도 굳이 들쑤시지 말라고 조언하셔서 입을 다물긴 했습니다. 아버지한테도 말한 적이 없어요. 그런데 아까 식사한 후로 뭔가가 계속 마음에 걸려서…… 저도 확실히 아는 부분은 없고, 그냥 제 기우일 수도 있습니다만…….”

왜 기러기 아빠 신세를 자처했을까?

그것은 민형이 채린의 불륜을 의심하고부터 수없이 거듭해 온 질문이었다. 애당초 지방 근무를 마음먹은 것은 두 딸과 만화영화를 보던 민호의 모습이 계속 눈앞에 어른거려서가 아니었던가. 그런데도 어째서 관계에 또다시 여백을 만들고 불안을 불러왔는가. 어쩌면 강남 아파트나 학군지 따위의 명분은 면피에 불과했는지도 모른다. 한창 전학 준비를 하던 시절, 채린이 지나가듯 남긴 말이 있었다.

가끔 이런 생각을 해. 당신이 무서워하는 건 이 동네 학부모들이 아니라 아이들이라고. 그것도 바로 당신 아이들이라고.

그게 무슨 소리야?

저번에, 거실에 앉아 있는데 우연이가 가까이 다가와서 뒤에서 덥석 끌어안았었잖아. 당신은 그럴 때마다 몸이 굳어. 스스로 잘 생각해 봐.

원래 갑작스럽게 그런 걸 당하면 근육이 긴장되기 마련이야.

그때는 코웃음 치며 넘긴 진단이었지만 해설과 논평에는 분명 힘이 있었다. 강물이 흙 둔덕에 가로막히듯, 또한 강변이 물줄기로 인해 깎여 나가듯 삶과 언어는 서로를 옭아매며 앞으로 나아가곤 했다. 자기실현적 예언이라는 개념이 있었던가. 하여간 일을 망치고 있다는 두려움은 그때부터 여전했고, 두려움을 떨쳐 내려는 노력은 곧잘 역효과로 돌아왔다. 채린의 불륜이 정확히 그런 사건이었다. 합리적 의심과 불안의 결합물로 시작되어 편집증의 영역을 넘나들었다가, 끝내 물리적인 현실로 닥쳐오는 일. 모텔 앞에서 찍힌 사진을 들이밀자 채린은 순순히 인정했다. 민형은 자백을 받아 낸 뒤 곧장 민호의 가게로 향했다. 놈은 그나마 남은 양심으로 손님들을 돌려보내더니 일찍 가게를 닫았다. 일찍이래도 새벽 2시였다. 민호는 멱살이 잡히고도 목이 뻣뻣했다.

"내가 먼저 하자고 한 적 없어."

용서를 빌지 않으며 사과조차 하지 않는 첫마디 앞에서 민형은 새삼스러운 안도를 느꼈다. 마음 놓고 미워할 수 있을 만큼 뻔뻔한 상대란 차라리 은총이다. 최악의 사태에도 그나마 속 편할 구석이다. 그는 한손으로 민호의 머리를 후려갈기면서 속으로 생각했다. 무슨 말이든 더 해 보시지. 무슨 말을 하든 그 배로 갚아 줄 테니 말이야. 민호가 또다시 떠들어 댔다.

"일이 이렇게 되었는데 거짓말해 봐야 무슨 소용이야? 나도……."

말 한마디로 천 냥 빚을 갚을 수도 있고 반대로 그만큼을 청구당할 수도 있다면 언어란 것은 원론적으로 말해 어린애들 장난이다. 민형은 놈이 부모님 앞에서는 회개한 듯 울고 감사하다가도 돌아서는 즉시 생글거리기 시작하는 것을 여러 차례 봤다. 어린애가 장난감 돈을 들고 오면 귀여운 마음에 과자 하나라도 내어 주는 이 치를 이용해 이득을 누리는 것이다. 그러니까 장난감 돈을 챙기려는 노력조차 없다면 맞아도 싸다. 민형은 한 대 더 후려갈겼다.

"이런 썅, 나도 인제 나이가 나이인데 미쳤다고 대뜸 했겠어? 지금까지 쌓인 게 있으니까, 그러니까, 형이 사람을 죽일 듯 잡으니까 그게 다 나한테 오는 거 아뇨. 새벽 3시에 퇴근 준비하면서 하소연 받아 주기 쉽지 않아. 나도 일을 하고 잠을 자야 하는 사람이란 말이야. 한 달 내도록 잠을 네댓 시간씩밖에 못 잤어. 이혼할 구실이라도 만들어야겠다기에 따라간 거요."

"야, 이 자식아, 내가 네 전적을 뻔히 아는데 그걸 지금 믿으라고 하는 소리야? 어떤 미친놈이 그딴 이유로 형수를 건드려? 내가 나가서 죽으라고 하면 그럴 테야? 애당초, 비록 하진 않았대도 업장 코앞에 집 둔 놈이 말이야, 예전부터 남편 뻔히 있는 애엄마한테 술대접하고 밤새우는 게 떳떳한 짓이야? 내가 저번까지는 아무 근거도 없이 애먼 사람 잡은 거야?"

"형은 이혼하고 나랑도 연 끊으면 될 일인데 말도 많군. 믿기 싫으면 말아."

"믿어? 이번이 처음이라는 걸 믿으라고?"

"그래."

"너 아버지 앞에서 그딴 식으로 개나발 불면서 사기 친 게 몇 번이야? 남의 여자 건드린 건 한두 번이고?"

"난 언제나 상대한테 지금 당장 필요한 걸 해 준다고 했어. 내가 비록 떳떳한 사람은 아니라도 뭘 줘야 하는지, 어디까지 받을 수 있는진 알아. 형은 그 꼴로 미련하게 살다가는 여러 사람 죽일 거야."

"이 개자식이 부끄러운 줄은 모르고."

"난 최소한 미련하지는 않아."

민호가 물러나지도 않고 대꾸하기를 자신은 사람 명줄을 붙여 준 것이라 했으며 이혼은 피할 수 없는 결말이라고도 했다. 그건 민형을 위한 일이기도 하다는 첨언이 따라붙었다. 채린이 울며 늘어놓던 소리와 똑같았다. 두 사람이 하는 말이 똑같다면 비결은 둘 중 하나다. 그 말이 객관 타당한 진실이거나 서로 입을 맞춘 것이거나. 눈도 맞고 배도 맞은 놈년들인데 다른 건 달리 안 맞겠는가. 정수리의 한 점에 온몸의 모든 온도가 모이는 듯하더니 눈앞이 잠깐 새하얬다. 민호가 팔을 뿌리치려는 듯 민형의 가슴팍을 밀었고 둘은 잠시 휘청거렸다. 민형은 팔꿈치로 바 테이블을 짚어 균형을 되찾았다. 숨을 몰아쉴 때마다 머릿속에서 새하얀 열기가 폭발했다. 처음에는 주먹이 몇 차례 오갔던 것 같다. 매끈한 바닥에 의자 미끄러지는 소리가 나더니 뭔가 깨지는가 싶었고 달큰한 향이 사방에 진동했다. 하여간 결론은 이랬다.

"여기서 딱 정리하자. 일단 지금까지 벌어진 일들은 다 잊는다. 대신 채린한테서 무슨 연락이든 한 번만 더 받으면 너는 죽고, 가게에 채린이 한 번만 더 찾아와도 너는 죽는다. 다리 세 개 평생 못 쓰게 만들어 주마. 알아들어? 네가 알아서 끊어. 그러면 더 말 안 한다."

민형은 바닥에 떨어진 술병들 중에서 그나마 멀쩡한 것을 주워 천천히 홀짝거리기 시작했다. 완전히 박살 난 것에 대해서는 견적서를 끊으라고 시켰다. 민호는 한동안 씨근대더니 깨진 병들을 하나하나 세기 시작했다. 돈이 좀 깨졌다. 그 후로는 채린이 놈과 따로 만나는 것 같지 않았다. 두 달이 지나 채린이 자살했다. 장례식을 치르고 돌아오니 우편함에 편지가 한 통 꽂혀 있었다.

우연이, 지연이 아빠

우연이와 지연이는 당신 자식이 아닙니다

날 그토록 악독하게 괴롭히고 쉴 곳까지 없애 가면서

이혼조차 거부하면서 듣고 싶었던 말이 결국 이건가요

그렇다면 이렇게도 써 볼까요

우연이와 지연이는 당신 자식이 맞습니다

떨어져 지내는데도 하루하루가 지옥이라면 더 도망갈 곳
이 없습니다
사람을 잘못 고른 걸 후회할 뿐입니다

.ˈ.
 ▪

　채린의 죽음을 계기로 민형은 서울 집으로 옮겨 왔고,
퇴근한 다음에는 거실 소파에 앉아 채린이 이 자리에서
몇 번이나 흐느꼈을까 상상하곤 했다. 장례식장에서, 처
가 사람들에게 들은 말을 복기하며 뒤늦은 후회에 잠길
때도 있었다. 그러다가도 홀로 비난을 짊어지는 상황은
부당하다는 생각에 과실 비율을 다시 나누어 봤다. 처
음부터 끝까지 입을 다물었던 게 옳은 선택이었나? 최
소한 민석에게는 그간의 사정을 밝혀야 하지 않았나?
하지만 그게 무슨 의미란 말인가? 그나저나 우연과 지
연은 이 일을 어디까지 이해하고 있는 걸까?
　그러나 우연과 지연이 엇나가기 시작한 다음부터는
이 모든 질문이 사후적인 탁상공론으로 전락하고 말았
다. 처음에는 학원 실장들에게서 상담 전화가 왔다. 우

연과 지연이 학원에 잘 나오지 않거니와 나오더라도 수업에 집중하질 않는다고, 이대로 가면 퇴원 조치를 내릴수밖에 없다고 했다. 1학년 2학기 성적이 급락했고 둘은 퇴원당했다. 2학년이 되어서는 학교에 가는 날마저점점 줄었다. 수업일수 부족으로 유급을 걱정해야 할 지경이었다. 그러나 민형은 딸들 앞에서 어떤 식으로 말문을 열어야 할지 몰랐고, 집을 뛰쳐나간 뒤 파출소에서발견되는 여자애들을 다루는 법은 더더욱 몰랐다. 용돈을 끊거나 카드를 자르는 것조차 답이 아니었다. 아버지 병원비 문제를 논의하기 위해 민석과 만났을 때, 민형은 다른 주제를 모두 제쳐 두고 딸 이야기부터 늘어놓았다. 민석은 곤란하다는 듯 듣고만 있다가 뜻밖의조언을 건넸다.

"내 생각에는 민호한테 연락해 보는 게 어떤가 싶은데."

"지금 우연이랑 지연이가 나도는 게, 민호랑 관련된겁니까? 형님이 생각하기에는 그래요? 따로 아는 게 있어요? 그 녀석이 뭔 말이라도 하고 다닙니까?"

가시 돋친 목소리로 질문을 쏟아내던 민형은 민석의얼굴에 놀란 기색이 떠오른 것을 깨닫고 멈췄다. 사정을모르는 입장이라면 당황스러울 수밖에 없을 터였다.

"아니, 그런 의미가 아니야. 동생도 알다시피 민호는 그 분야에서는 상당히 경력직이잖아. 탈선이라든지 비행이라든지 하는…… 그러니까 인생 선배로서 통하는 부분이 있지. 도움 받을 만한 부분이 분명히 있을 거야. 솔직히 말하면 나는 요새 우혁이 소식을 민호 통해서 들어. 그놈 나이가 벌써 서른인데 하고 다니는 꼬락서니가……."

"형님도 노고가 많으십니다."

"자식이라는 게 원래 부모 마음대로 안 된다지만 이 정도로 안 될 줄은 몰랐어, 나는……."

민호와는 연을 끊다시피 했고, 두 딸의 친자 여부에 대해서도 희미한 의심이 남았음에도 불구하고 다시 녀석의 가게로 향한 데에는 민석의 토로가 크게 작용했음이 분명했다. 부모도 장담할 수 없는 게 자식 농사라면 경력직은 뭘 해 줄 수 있는가 보자, 하는 심리였다. 친부가 누구든, 누가 아버지 행세를 하든 상관없다고 생각할 만큼 절박하기도 했다. 그때만큼은 그랬다. 민호는 바 테이블에 자리 잡은 민형을 보고는 묘한 표정을 짓더니 모른 체했다. 메뉴판도 술도 음식도 없는 연옥 속에서, 민형은 손님들이 들어오고 또 떠나는 광경을 가만히 지켜보았다. 3시가 되자 가게에 둘만 남았다.

"곧 폐점 시간이니까 나가시죠."

"우연이랑 지연이가 계속 밖으로 나돌아. 어떻게 해야 할지를 모르겠어."

"3시 30분에 마감입니다."

"애들한테 도움 될 말이라도 해 줘. 나한테 하는 게 아니라 직접 연락해서 해 달란 의미야. 그 애들이 술을 마시고 싶어 하면 사 주고, 청구서는 나한테 보내. 어딘지 모를 곳에서 마시는 것보다는 여기가 차라리 낫겠지. 대금은 다 치를게. 추가 비용이 생기면 그것까지도 쓰고."

"미성년자 출입 금지예요, 여기는."

"굳이 여기가 아니라도 말이야. 하여간 날 싫어한다면야 어쩔 수 없어. 하지만 그 애들은 내 딸이기 이전에 채린이 딸이고, 네 조카야. 어릴 때는 나보다 너랑 더 많은 시간을 보냈을 거야. 그러니까 나는…… 그 애들이 학교만 멀쩡히 다니게 도와줘."

민호는 잠깐 아무 말도 않더니 실실 웃었다.

"형이 그런 말을 할 줄은 몰랐는데. 영화 대사라도 외우고 왔나?"

"도와줘."

우연과 지연이 최종적으로 정신을 차리기까지는 민호의 도움을 받고도 여섯 달이 더 걸렸다. 돈도 많이 썼다. 합의금으로 지출된 몫도 있었고 순전히 가게 설비를 바꾸는 데 쓴 몫도 있었다. 기술 없는 무능력자로서는 수리기사가 읊는 경비와 수고비를 그대로 믿을 수밖에 없었다. 그러나 가끔은 소비자보호원에 전화를 걸어 파탄 난 삶을 복원하는 서비스에 정가(定價)가 매겨져 있는가, 만약 그렇다면 정확히 얼마인가를 묻고 싶어졌다. 그러던 차에 민호와 둘이서 술잔을 기울일 일이 생겼다. 순수한 헌신과, 친절로 가장한 처세술의 경계를 묻자 묘한 대답이 돌아왔다.

"나는 우리가 본질적으로는 같다고 생각해…… 전문 분야가 다를 뿐이지."

"전문 분야라니?"

"받을 거 받고, 줄 거 주면서 살겠다는 게 형 신조잖아. 나도 마찬가지야. 그런데 나는 사고를 많이 치고 다니는 것과 별개로 거절이 어려운 사람이거든. 돈이 아니라 인간 마음이 얽힌 문제라면 특히 그래. 그러니까 일단 어지간하면 남이 바라는 건 다 해 주고, 나한테 필요한 게 생기면 그때 말을 꺼내. 그중 누구든지 한 명이라도 해 주면 되는 일이야. 연대책임 후불제란 말이야. 이해하지?"

"전혀 모르겠는데."

"마음의 빚이란 그런 거야. 마음의 빚이라는 건……
그게 정확히 얼마인지는 나도 상대도 모르니까, 필요한
거 있으면 찔러 보고 아니면 마는 식으로 수금하는 거
지. 그중에서 더 많이 납부하는 사람이 있으면 고마운
일이고."

"심약하고 소심한 사람 건수 잡아서 등쳐먹는다는 소
리를 고상하게 하는군. 나한테 설비 바꿔 달라고 하는
것도 그 일환인가?"

"그럴 리가, 형은 이 연대책임제에 안 들어가. 딱 떨
어지는 분야가 아니라면 못 견디고 이해할 능력도 없는
사람이잖아. 풀지도 못 하는 문제를 끝까지 붙잡다가
기어코 오답을 내고 남을 괴롭힌단 말이야. 형한테 냉장
고 바꿔 달라는 건 채무를 소각할 용도야. 거기에다가
이거저거 다 합쳐서 수고비 1,500만 원이면 그간 들인
시간에 수당 쳐 주는 셈이고, 나도 청구서는 다 보냈으
니까 끝난 일인 셈 치면 돼. 알겠어?"

당시에, 욕만 섞이지 않았을 뿐 순전히 모욕당하고
있음을 알면서도 잠자코 있었던 것은 그것마저 소각의

137

일환이라는 판단에서였다. 어쨌거나 마음의 빚을 저쪽에서 먼저 떼어 준다면 고마운 일이었고, 그는 잊어버렸다. 우혁에게서 전화를 받기 전까지는 잊고만 있었다. 민형은 묘하게도 서늘해진 머리로 상황을 정리해 보았다. 그러니까 민호는 남의 돈으로 가게 설비를 갈아치웠거니와 딸까지 얻은 주제에 유세를 부렸다는 말인가. 민형의 채무는 소각되었다지만 우연과 지연의 몫은 따로인가.

민형과 우연은 O형으로 혈액형이 같았다. 따라서 민호와 지연도 같을 것이었다. 고민은 짧고 결심은 빨랐다. 민형에게는 4인 라운딩을 다닐 지인이 없었으므로 골프채가 없었지만 각파이프는 하나 있었다. 욕실 리모델링을 할 때, 인테리어 업자가 부자재 수거해 가는 것을 잊은 까닭에 생긴 물건이었다. 분리수거장에 버리려다가 어딘가에는 쓸모가 있으리라는 생각이 들어 세탁실에 남겨졌다. 쥐어 보니 야구 방망이보다 약간 짧았다. 통화는 아직 끊기지 않은 상태였다.

"장례식장에서 민호가 우연이를 따로 달랬다고 들었다. 그때 무슨 대화 오갔는지 알고 있냐."

"저야 학원 일 마치고 온 거라서, 모릅니다. 아버지께 여쭤볼 수도 있겠습니다만 아마 모르실 겁니다."

"그래, 알겠다. 민호랑 얘기를 해 봐야 할 것 같은데 집 주소 그대로지?"

우혁이 잠시 망설였다.

"그대로라는 게 언제가 기준인지는 모르겠습니다만 근 5년간은 안 바뀐 거로 압니다."

"고맙다. 인제 끊어라."

5 불신임(不信任)

차를 몰고 연세로 인근 빌라촌으로 향하는 동안 민형의 머릿속에는 간 생각뿐이었다. 처음에는 휴대폰을 망가뜨려서라도 숨기고 싶은 사안은 간 공여 외에 없으리라는 판단이 섰고, 곧 지연이 그렇게라도 민호를 감싸려 든다는 사실에 열이 올랐다. 이젠 더 신경 쓰기도 싫으니 둘이서나 잘 지내라는 식으로 끝내고 싶었지만, 그랬다가는 민호에게만 좋은 일을 해 주는 것이라고도 생각했다. 딸도 생기고 간도 생길 텐데 무엇이 아쉽겠는가. 그러면 자신에게는 무엇이 남는가.

이대역으로부터 한 블록 지난 사거리에서 오른쪽으로 꺾었다. 건물 하나가 해체주의 건축 양식을 뽐내고 있었다. 불규칙적으로 돌출된 발코니들과 창문 배치가 규격화된 커튼월 빌딩들과도, 아파트와도 다른 방식으로 세련스럽다는 느낌을 줬다. 곧 등장할 빌라촌의 역전된 예고편 같은 모습이었다. 시각적 역동성이니 구조적 불안정성이니 하는 개념을 가져다 붙일 곳이 있고 그러기가 영 거북스러운 곳도 있다. 민형은 대로를 따라 올라가다가 오른쪽 샛길로 꺾어 빌라촌으로 진입했다. 빌라촌은 중세의 성곽을 연상시키는 동심원 구조를 취하고 있었다. 값싼 모텔과 사진관과 고시원과 식당과 술집들이 최외곽지를 채웠고, 거기에서 두어 블록을 더 들어가면 빌라와 구옥들이 빼곡해졌다. 묘하게도 핵심부에 자리 잡은 것은 다른 무엇이 아니라 근린공원이었으며 민호 놈의 집도 바로 그 근처였다. 주머니에 각파이프를 쑤셔 넣은 뒤 튀어나온 부분은 팔로 감싼 채 좁은 길을 따라 걷고 있노라니 행인들이 의식되었다. 썩 많은 수는 아닐지라도 다들 아직 젊었다. 젊다기보다는 어린 나이였다. 말 몇 마디에도 웃을 만큼, 웃음만으로 대화할 수 있을 만큼 어렸다. 술집 간판을 장식한 주홍빛 전구들, 수명이 다해 군데군데 어두워진 조명들, 새파랗고 새빨간 네온사인들을 지나치는 동안 민형은 가급적 그늘진 곳으로 걸으려 애썼다.

정말이지 잡다한 것들이 잡다하게 뒤엉켜 있다고 생

각하자 공기가 한층 습해지는 듯했다. 해가 진 지 한참인데도 타오를 듯 더웠다. 놈이 사는 빌라에 들어선 뒤에도 열기는 가실 줄을 몰랐다. 어떤 의미로든지 기회는 한 번이었다. 민형은 눈앞에 보이는, 301호라 쓰인 철문을 기억에 비추어 봤다. 그리고 1층까지 내려가 여기가 그 빌라가 맞다는 사실을 다시금 확인했다. 그런 통화를 밖에서 시도하진 않았을 테니 초인종을 누르면 나올 것이다. 최소한 듣기는 할 게 분명하다. 그는 인터폰 카메라의 사각을 확인했고, 놈이 놈대로 조심할 가능성을 따져 보았다. 안전장치가 채워진 채로 문이 열린다면 정면이 아니라 측면에서 기다리는 편이 유리했다.

벨을 네 차례 누르고서야 문 너머에서 부스럭거리는 소리가 났다. 녀석의 얼굴이 나타나는 순간 민형은 문틈을 겨누어 각파이프를 내리쳤다. 반사적으로 물러난 민호는 다급히 문고리를 잡아당겼고, 그 반동으로 각파이프가 민형의 손을 벗어나며 바닥에 떨어졌다. 인조 대리석 두들기는 소리가 깨질 듯한 트레몰로처럼 복도에 울리더니 철문과 각파이프가 부딪혀 쾅, 쾅, 쾅 했다. 그러고는 세 가지 일이 동시에 일어났다. 민형은 힘주어 문틈을 벌리고서는 무릎을 끼워 넣었고, 구두 축으로는 각파이프 *끄트*머리를 강하게 눌러 밟은 채 도어록 체인을

142

더듬기 시작했다. 민호의 손아귀가 그 위로 덮쳐 왔다. 녀석은 현관문을 닫으려 애쓰기보다는 일단 안전장치부터 지켜내야겠다고 판단한 듯했다.

지지부진한 실랑이가 이어지던 끝에 맞은편 문 열리는 소리가 정신을 일깨웠다. 어차피 첫 번째 시도가 실패로 돌아간 이상 연장전을 추가해 봐야 별다른 소용이 없을 게 뻔했다. 민형은 퍼뜩 멈추고 한 발짝 물러나 뒤를 돌아보았다. 302호 세입자가 슬쩍 얼굴을 내밀고 있었다. 해명할 방법을 찾는 사이 민호가 묘한 어조로 운을 뗐다.

"형, 말로 풀지. 근처에 술집 많으니까 자리 옮겨서 이야기해."

녀석의 왼쪽 발이 쇠파이프를 슬슬 안쪽으로 끌어갔다. 붙잡아야겠다고 생각한 순간에는 이미 늦었다. 문이 닫히더니 주머니에서 진동이 울렸다. 휴대폰 메시지에 요리주점 주소가 찍혀 있었다.

요리주점은 좁긴 해도 프라이빗 룸을 갖추고 있었다. 민형은 사시미 한 접시를 주문한 뒤 밖에서 줄담배를 태우기 시작했다. 평소였더라면 사케도 한 병 시켰겠으나 간 생각이 머리에서 떠나질 않았다. 민호 놈이 술을 퍼마시다가 급사할 가능성도 있겠지만. 그런 식으로 사람이 죽고 산다면 의사란 직업은 필요하지 않을 것이다. 죽어도 병원 문턱을 밟지 않는 사람은 지지부진 살아가지만, 제때 제때 의사를 찾는 사람은 까닭만 겨우 듣고 골로 가는 것이 세상사다.

세 개비를 태운 후 프라이빗 룸으로 돌아가자 요리상이 차려져 있었다. 이미 저녁을 먹은지라 기름진 부위가 부담스럽긴 했지만 횟감 자체는 때깔이 좋았다. 민형은 참치 한 점을 천천히 씹어 삼키고는 우롱차를 들이켰다. 그러다가 이놈은 언제쯤 오는 것인가, 설마 도망갔나 하는 생각에 민호에게 전화를 걸었다. 곧바로 받긴 했다.

"어어."

"어디쯤이냐."

"가는 중이야."

그러더니 문이 열렸다. 민호 녀석이 한 귀에 휴대폰을 붙인 채로 들어오고 있었다. 실실 웃는 꼬락서니가 감탄스러울 지경이었다. 민호는 테이블을 힐끔 보더니 의아한 듯 중얼거렸다.

"사케라도 한 병 시키지 맨입에 회만 넣고 있나."

"이 상황에서까지 술타령이야. 네 정신머리에는 별 기대도 않는다만 아무리 그래도 할 짓이 있고 안 할 짓이 있어. 너 내가 그 자리에선 가만히 물러나 준 걸 다행으로 알아."

"어차피 바꿀 간이라면 끝까지 쓰고 바꿔야지. 절약 정신이야."

민형은 민호를 뚫어져라 노려보다가 이내 고개를 돌렸다. 속에서 울컥거리던 열기마저 가라앉는 듯했다. 당장 삼십 분 전에 생사의 위기를 겪었거니와 그 상대가 코앞에 있는데도 이런 태도라면, 감정적 반응 따위는 아무 의미가 없는 셈이었다. 그는 기계의 전원을 끄듯 엄지로 관자놀이를 꾹 눌렀고, 보다 가라앉은 목소리로 입을 열었다.

"내가 달려온 이유, 알고 있지?"

"어디까지 들었는진 모르겠다만, 그거 외에 없지. 하여간 형도 보통은 아니야. 파이프는 도대체 어디서 났어? 집에 그런 거 두고 지내나?"

"욕실 리모델링하다가 생긴 거야. 저번에 그렇게 얻어 맞아 놓고 예상을 못 했어?"

"애는 예상하던걸. 최민형 씨가 상황 알면 날 죽이러 갈 거라고 벌벌 떨긴 했다만, 말 그대로였을 줄은 몰랐지. 설마 애한테도 그거로 화풀이한 건 아니지?"

"안 했어. 너도 기어코 사과는 안 하는군."

"형한테 도의적으로 미안할 문제인 건 인정해. 마음만 먹는다면 완벽하게 사과할 수도 있고. 그런데 나는 종종 이렇게 판단할 때가 있어. 사과해서 후폭풍을 줄일 바에는 그냥 정면으로 돌파하는 게 올바를 수 있다고 말이야."

"그런 놈이 왜 피했어?"

"죽는 건 이야기가 다르지. 저번처럼 두들겨 맞을 수야 있겠다만. 그리고 쇠파이프로 사람 때려 죽였다가는 형도 살인범 신세인데, 가급적이면 좋은 쪽으로 푸는 게 원윈 아닌가."

"쌍둥이 죽은 애한테 간 이야기 들먹여 놓고 윈윈은 무슨."

"내가 먼저 꺼낸 주제가 아니야. 물론 시작이야 내가 하긴 했지. 세 달쯤 전에, 상황이 이런데 고민 좀 해 달라고 옆구리를 찔러 본 거야. 그러다가 일이 터져서 나는 입을 다물고 있었는데, 전화를 몇 번 해 보니 애가 그걸 기억하더라고. 나는 말하지도 않았는데. 뭐, 나야 고맙지."

"그러니까 연대책임 후불제라는 게 결국 이런 짓이군.

빚지면 갚고 싶어 하는 게 사람 심리니까. 덕담 몇 마디를 대차대조표에 달아놓은 다음 알아서 원금에 이자까지 가져다 바치기를 바라는 거야. 너는 마음의 빚 들먹이는 사채업자고. 맞지?"

"저번에도 이야기했던 것 같지만 사람이 무슨 이득을 보려고 남을 돕나…… 그건 너무 속물적이지. 그런 건 아니야. 만약 내가 완전히 놈팡이였으면 자영업자로 건실하게 종합소득세 처리하면서 사는 게 아니라 셔터맨이라도 됐겠지. 기회가 몇 번 있었거든. 하여간 이건 모두 내가 제 발로 걷어찼으니까 넘어가. 간에 대해서만 말하자. 그냥 술 끊을 노력도 여러 차례 해 봤고. 다만 노력이라는 게 사람 마음대로 되는 게 아니고, 그래서 이제는 정말로 간이 필요해졌고, 나한테 도움 받은 사람 중에는 간을 줄 만한 사람도 있는 거야. 그게 다야."

"그쯤 되면 혼자 죽는 게 양심 아니냐."

"양심이라든지 진심이라든지, 심으로 끝나는 말들은 잘 모르겠어. 그런 걸 이해해 보려고 노력하던 시절도 있었는데 이젠 포기했어. 포기한 지 꽤 됐지. 그냥 나는 남이 바라는 걸 해 주고, 죽으려는 상대도 여러 번 살렸어. 그러면 그 사람들도 나한테 목숨 하나쯤은 줄 수 있다고 생각해. 살아 있으면 할 수 있는 것도 많고 좋으니까……. 안 주겠다면 별수 없지만 부탁쯤은 가능한 게 아닌가. 내가 형한테 간을 달라고 하는 것도 아닌데."

"사람들이 바라는 걸 해 준다─애들이 널 아빠라고 부르는 건? 그건 누가 바란 거야?"

"사정이 복잡해. 아마 애들이 나랑 채린이 끌어안는 걸 봤던 모양이야. 오해는 하지 마. 그냥 문자 그대로 끌어안았다는 거야. 그리고 또, 장례식장 분위기 보면서 저들끼리 생각해 본 부분도 있겠지. 하여간 고등학생이면 알 거 다 아는 나이야. 거짓말해야 소용없으니 그간 이런저런 사정이 있었고 나도 떳떳한 사람은 아니니까 잘 판단하라고. 그런데 아무리 엇나가 봐야 너희 인생만 망가지고 만다는 사실만 알아두라고 했지. 싫어하고 싶으면 마음껏 싫어하고, 아무 말이든 들어주는 삼촌이 필요하면 적당히 써먹어라. 며칠은 안 오나 싶더만 둘이서 갑자기 내가 자기 아빠였으면 좋았을 거라 그러데. 그랬으면 엄마도 안 죽고 다 좋았을 거라고. 할 말이 없어서 웃었지, 뭐. 그 후로는 형이 실컷 지랄한 날에는 나한테 아빠라 부르고 평소에는 그냥 사장님이라 그래. 삼촌이나. 진지한 호칭은 아니야."

"웃어? 그걸 또 내버려둬? 어른 된 입장에서, 알아서 선을 그어야 할 사안 아니야?"

"거기서 내가 제대로 선 긋고 잔소리했으면 둘은 고등학교도 졸업 못 했어. 이건 전문가 의견이니까 내 말 들어. 그리고 둘이 4수씩이나 하게 된 건 형 욕심이지 나는 애진작 말렸단 말이야. 기억하지. 고등학교 일 년을 날리고 가뜩이나 심란한 애들한테 억지로 공부시켜 봐야 무슨 소용이요. 차라리 재수를 하든 뭘 하든 그전에 일 년쯤 마음 편히 쉬라고 내버려뒀으면 애들이랑 사이가 이렇게까지 나빠지진 않았을걸."

"네가 도대체 훈장질을 할 입장이냐. 부끄러운 줄도 모르고 사람을 가르치고 앉아 있어."

민호는 듣는 둥 마는 둥하더니 말없이 회를 우물거리기 시작했다. 그 묘한 태도가 도리어 화를 억눌러 주었다. 민형은 벽을 향해 소리치는 기분으로 주절거렸다.

"하여간 너는 패턴이 뚜렷해. 어떤 사안에서는 순전히 손해를 보겠지만, 대개는 너한테도 좋은 일들이란 말이야. 남자들한테 형님 동생 소리 듣고 여자들이랑은 희희낙락 하는데, 다 큰 딸까지 둘이나 생겼는데 아무려면 좋을 수밖에 없겠지. 그리고 그런 것들을 해 주면 상대는 더더욱 바라고 매달리게 되어 있어. 이건 네가 나보다 더 잘 알 거야. 하지만 그걸 죄다 '남한테 베푼 몫'으로 산입해 버리는 건 비열한 짓이야. 회계상으로 말이 안 되거니와 계산도 무엇도 아니야. 그냥 기댈 곳 없고 심약한 사람 등쳐먹고 보따리까지 요구하는 수법이야. 패악질이야. 나한테 그러지 않는 이유는 누울 자리 보고 발 뻗는 습성 때문이고."

민호가 문득 고개를 들어 민형을 빤히 바라보았다.

"그런데 새벽 4시에 전화해서 엉엉 우는 꼴을 매일매일 받아 줄 사람은 세상에 별로 없으니까…… 형도 자기가 그걸 해 준다고는 말 못 할 거야……. 그런 서비스를 무한정 베푸는 상대라면 좋아할 수밖에 없겠지. 죽을 것 같다는데 죽으라고 내버려두나? 챙겨 줬더니 좋다는데 굳이 밀어내나? 나도 칼 맞기는 싫으니까 적당히 거리를 두고, 결혼도 양심껏 안 하고 지내지만, 아예 만고불변의 벽을 치는 건 이상하다고 생각하는 거야."

"그러니까 그게 순전히 이타적인 일이야? 순전히 좋은 일이냐고? 너도 하고 싶어서 하는 짓이잖아?"

"난 내가 이타적이라고 말하질 않아. 사람들이 나더러 착하다고 하면 그냥 허허 웃고 말지 인정한 적 없어."

"허허 웃으면 성격도 좋은 사람이 겸손하다고 하겠지."

"그 사람들이 속으로 생각하는 걸 내가 어디까지 단도리를 쳐야 해? 이상하잖아?"

"어쨌든 간은 포기할 생각이 없다 이거지."

"글쎄, 쌍둥이가 죽은 상황에서 당장 간 떼어 달라고 할 수는 없겠다만 내 입장은 바뀔 것 없어. 간이라는 게 결국 친족만 공여가 가능한 시스템인데, 달리 부탁할 곳도 없고. 형이야 뭐…… 애들 얼굴도 구분 못 하는 사람이 이 난리인 게 신기하긴 해. 각파이프 들고 오기 전에 애랑 무슨 얘기를 했기에."

"안 했어."

"그러면 상황 파악하자마자 냅다 달려온 거요?"

"그래."

"잃을 것도 많은 양반이."

"잃을 게 많은가……."

민형은 지연마저 사라진 집이 어떤 모습일지 마음에 그려 보았다. 언제나 그랬던 것처럼 안방 문은 닫혀 있을 것이며 자신은 거실과 작은방을 오가며 지낼 것이다. 주인 둘이 모두 사라진 김에 안방 가구를 걷어내고 직접 쓸 수도 있겠지만 리모델링에는 기력과 의욕이 필요하니까, 그러지 않을 것이다. 납골당에는 자주 들를까? 그것도 아니다. 지금 당장에도 한번 보러 가야지, 가야지 하고 중얼거리다가 그만 미뤄 버리는 일이 반복되고 있었다. 사실은 한 달 이내에만 처리하면 된다는 조항

151

을 구실 삼아 사망신고서조차 제출하지 않았다. 그러니까 두 딸은 아직 죽지 않은 셈이며 반대로 말하면 한 번도 살지 않았던 셈이다. 최소한 민형의 세계에서는. 곧 생각이 반대로 돌아 민형이 없는 집의 풍경을 그리기 시작했다. 그 경우에도 크게 다르지 않을 듯했다. 물론 지연에게는 시간이 썩어나도록 많을 테니 사망신고서쯤은 곧바로 낼 것이다. 혹시 모른다, 이미 하나 써 두었을지도. 아버지를 실망시키기 위해 자기 자매도 죽이는 애가 그 장본인은 얼마나 죽이고 싶었겠는가. 그 아버지조차 누군가를 죽이고 싶어 하는 판에.

"이참에 하나 묻자. 쌍둥이를 구분하는 비결이 뭐야?"

"오래 알고 지내면 그냥 보여. 다들 그래."

"그게 그냥 보인다고?"

"이건 형 문제가 커. 형은 대화할 때도 사람을 똑바로 안 보잖아. 일단 눈을 보고 말해야 뭐라도 되지. 아마 평소에도 사람 얼굴 구분 못 한다는 소리 자주 들었을 텐데."

"그러면 장례식장에서 지연이라고 한 건, 내 착각이 아닌 셈이지?"

"형은 겁먹거나 불안해하면 속마음이 바로 드러나는

스타일이거든. 그런데 이상하잖아. 안타깝고 슬픈 일인 것과는 별개로, 무서워할 이유가 없단 말이야. 묘하지. 무슨 상황인가 싶었어. 그래서 애한테 직접 물어보기 전에 한번 떠본 거요. 이건 뭐, 형이 안타까운 부분이니까 넘어가. 애당초 내가 해결해 줄 수 있는 문제부터가 아니고, 형이 이십오 년 내내 헛다리만 짚으면서 살다가 결국 그렇게 된 건데, 나는 이제 형네 집안일에 끼어들고 싶지가 않아. 그냥 간만 있으면……."

대화에서 거듭 확언되는 사실이란 썩 확실치 못 한 것들이다. 가건물이 매 순간 흔들거리고 있음을 잊기 위해 억지로 고정못을 박는 것이나 마찬가지다. 서로가 서로의 주장을 강경하게 앞세울 때는 특히 그렇다. 그러니까 가장 확실한 사실들은 말해지지 않는 영역에, 만약 입에 오르더라도 그렇게나 이렇게 쯤으로 호명되는 영역에 존재한다. 그것들은 너무나도 치명적인 진실이기 때문에 감히 발음할 수 없고, 발음하지 않더라도 모두가 안다. 대화의 역설은 이러한 행태가 순전한 뜬소문에도 적용된다는 점에 있다. 치명적이지만 매혹적인 허구에 대해서도 사람들은 똑같이 한다. 상대를 감싸기 위해서가 아니라 자신의 책임으로부터 달아나기 위해. 그 일 때문에 딸이 그렇게 됐대요. 그렇게가 무엇인지, 그 일은 또 무엇인지 제대로 알지도 못 하는 상태로 수군대는 말들. 침묵 아닌 침묵이 계속되는 동안 각자에게는 각자의 이야기가 생기고, 그건 대개 진상과 다르다. 다른 편이 차라리 낫다.

하지만 전자라면 어떨까…….

신호등 타이밍이 적절히 맞아떨어진 덕에 빌라촌에서 빠져나올 때는 사거리에서 정차하지 않고 좌회전할 수 있었다. 고층 빌딩들이 한갓진 대로변에 엎지른 듯한 빛을 쏟아 놓고 있었다. 속도를 높이자 그 빛이 지면에 평행하여 나아가는 유성우처럼, 영영 땅에 닿지 못 하고 하늘로도 돌아가지 못 할 별처럼 곧은 궤적을 그렸다. 궤적이 나타나고 사라지는 것과 비슷한 간격으로 민형의 머릿속에서도 잡다한 생각들이 떠올랐다 흩어지기를 반복했다. 그런 와중에도 어떤 명제는 불변의 고정점으로 남았다. 일단 민호가 새 간을 뜯어내 술을 마시고 다니는 꼬락서니는 결코 두고 볼 수 없었다. 직접 간을 건넴으로써 지연에게 날아온 청구서를 떠안고 싶지도 않았다. 그건 딸을 사랑하지 않아서가 아니라 청구서 자체가 터무니없기 때문이고, 동생이란 놈이 싫기 때문이다. 딸도 아내도 어머니 유산도 모두 마찬가지다.

이런 심리에도 불구하고 민호 놈의 멱살을 붙잡는 일 없이 대화를 주고받았던 데에는 두 가지 요인이 작용했다. 하나는 그래 봐야 상황이 악화될 뿐이라는 판단에 서였고, 다른 하나는 그때 이미 구상이 갖춰지고 있었던 까닭이었다. 진료는 의사에게, 약은 약사에게 맡기듯 법적 처벌을 논하려면 변호사를 찾아가야 한다지만 누구에게나 직관이 있는 법이다. 직관이랄지 경험이랄지 세상사 돌아가는 방식의 총합이랄지. 승산은 상당했으며 귀찮은 절차도 필요하지 않았다. 몇 가지 조건만 맞아떨어진다면 당장 내일에라도 시도해 볼 만한 계획이었다. 계획의 준비물은 미개봉 상태의 글렌피딕 15년에 더해, 메트로니다졸과 반코마이신과 마크롤라이드계 항생제의 칵테일. 확실한 성공을 기하기 위해서라면 진정 목적의 미다졸람까지. 그리고 무엇보다도, 지연의 협조. 약제를 구할 방법은 충분했지만 마지막 항만큼은 장담할 수 없었으므로, 민형은 집 현관문 열기를 망설였다. 오랜 망설임 끝에 애가 불쑥 집을 뛰쳐나갔을 가능성에서부터 어떤 식으로 운을 떼어야 할지에 대한 고민까지가 모두 미결로 남았다. 머리를 한껏 비운 뒤 발을 들이

자 처음에는 어둠이 보였고, 그다음에는 거실 벽면을 가득 메운 빔 프로젝터 화면이 보였다. 다른 세계를 비추는 창문 같았다.

민형은 소파에 자리 잡은 지연의 뒷모습을 보고 내심 안도했다. 곁에 가서 앉자 지연은 민형을 힐끔 보더니 벽면으로 시선을 되돌렸다. 이름 모를 요리 프로그램이 재생되는 중이었다. 가만히 구경하고 있자니 포맷이 묘했다. 파티셰가 만든, 멋들어진 케이크가 견본품으로 제시되면 아마추어 도전자들이 따라하는 식이었는데 다들 실력이 형편없었다. 주어진 시간마저 터무니없이 짧았다. 일부러 미적격자들을 선발한 다음 불가능한 과제를 건네고, 엉망진창인 결과물을 보고 즐기는 프로그램인 모양이었다. 처음에는 유쾌한 척하는 목소리에 조소를 숨기는 호스트가 마뜩잖았으며, 마지막에 가서는 1,000만 원에 달하는 상금마저 비웃고 싶어졌다. 그 언짢음은 살짝 부끄러워하면서도 웃음을 잃지 않는 출연자들의 얼굴에서 기인한 듯했다. 차라리 호스트가 윽박지르고 출연자들이 쩔쩔매는 구도였더라면, 그래서 실력이 나아지리라는 전망이 제시되었더라면 나았을 것이다. 이런 영상을 보고 프릭쇼라며 불쾌감을 표하느냐 그저 웃어 버리느냐 하는 것은 성격 차이겠으나 민형은 후자의 심리를 이해할 수 없었고, 이해할 수 없는 것을 내버려두는 법도 몰랐다. 모든 사안이 좋게 흘러갈 필요가 없음을 받아들여야만 그 모두를 좋게 가꿀 수 있다는 역설을 받아들이고 실천하기에 그는 너무 멀리 왔다. 시간의 힘을 믿기에도 늦었다. 어떤 사람들은 벽돌을 층층이 쌓아 탑을 올리듯 과거를 일방향으로 축조함으로써 미래를 한 점에 귀속시킨다. 그러니까 민호의 지적처럼 자신은 이십오 년 내내 헛다리만 짚으면서 살다가 결국 이렇게 된 것인데. 이렇게 됐으니까 다른 방법이 없었다.

"최지연."

돌아오는 답은 없었다. 민형은 신경 쓰지 않고 이어 말했다.

"네 삼촌이랑 대화 나누고 왔다. 아까 휴대폰 부순 이유도 대강 알겠어. 당황했든지 무섭든지 했겠지. 평소에 날 어떤 사람으로 봤는지도 알 만하고. 아까 폐쇄병동 운운한 것까지 포함해서, 그 부분은 나도 미안하다. 돈 이체해 놓을 테니까 휴대폰 새것으로 사라."

짧은 침묵.

"무슨 얘기를 들었기에 아빠가 나한테 사과를 해?"

"간 공여라든지 호칭이라든지 하는 것들. 너도 인제

미성년자는 아니니까 간을 떼어 주거나 말거나는 네 선택일 테다. 누굴 아빠라고 부르느냐도 네 선택이고 말이야. 하지만 나는 아무래도 네가 본 그런 사람이 맞는 모양이고, 가급적이면 민호를 치워 없애고 싶고, 그게 썩 어려운 일이 아닐 거라고도 생각해……. 네가 잠깐 돕기만 하면 정말로 쉬울 거야……. 솔직히 이쯤 되면 네가 실제로 누구 딸이든 난 상관이 없어. 어차피 맨날 거실에 멀뚱하니 앉아 있는 신세 아니냐. 하지만 너한테는 아빠가 누구일지가 중요할 테니까, 중요할 수밖에 없으니까, 이번에는 네가 선택하도록 해라."

"선택이라니?"

"어차피 민호에게 대강 설명 들었을 테니 툭 터놓고 말하마. 유전적으로는 구분도 못 하는 거, 정말로 친자인지 아닌지는 따지지 않기로 했어. 그건 순전히 마음의 문제고 결심의 영역이란 말이야. 그러니까 간을 넘기면 너는 민호 딸이다. 나는 더 신경 안 써. 하지만 내 딸로 남는다면 나는 민호를 치울 작정이야. 둘 중에서 고르기만 하면 돼. 긴 말은 않겠어. 어차피 너도 나랑 깊은 대화를 하고 싶진 않을 테니."

지연은 눈을 깜박이더니 멍한 목소리로 되물었다.

"지금 사람 죽이겠다는 이야기 맞지?"

"그래."

"자기 동생을 죽이겠다는 이야기를 아무렇지도 않게 하네."

"네가 여기 아무렇지도 않게 앉아 있는 거랑 똑같은 이치겠지."

"아빠가 생각하기에는 내가 뭘 하고 싶을 것 같아?"

"모르지. 인제 윽박지르기도 지쳤고, 그런다고 될 일이 아니라는 것도 안다. 그러니까 네가 결정하라는 거야. 지금껏 내가 너희한테 미안할 짓을 많이 했으니 말이야."

"아빠는 정말 하나부터 열까지 아무것도 모르는 사람이네…… 사과하는 법도 모르고."

지연은 고개를 수그리더니 어깨를 가볍게 떨었다. 웃는지 울 준비를 하는지 알 수 없었다.

"아빠는 자기가 왜 삼촌을 죽이고 싶어 하는지도 모를 거야."

민형은 문득 생각했다. 넌 알아서 좋겠구나, 그렇다면 나도 까닭을 안다, 하고. 사람들은 말로 풀어낸 부분만을 아는 것으로 간주하는 경향이 있지만 사실은 그 반대다. 언어에 앞서 복받치는 충동이야말로 가장 명료하다. 혼자 죽으려다가 그 소식에 기뻐할 누군가를 상상하고, 차라리 남을 죽이길 택하는 데에는 무엇보다 올곧은 마음이 필요할 터였다. 일직선의 원념이라거나 분노 같은 것이. 마찬가지로 민형이 우혁의 전화를 받자마자 곧장 각파이프를 쥔 일도 지연의 결심만큼은 진솔했다. 그래도 짧게나마 대답은 해야겠다는 마음에 이런저런 문장들을 굴려 보고 있노라니 생각지도 않았던 한마디가 뱃속에서부터 치솟았다.

"나는 그냥…… 내 삶에 뭔가를 남기고 싶다. 그게 다야."

"뭐를? 아파트나 전문직 명함이나 대학 잘 나온 딸 같은 거?"

"그것도 모르겠다. 그게 가장 중요하다고 말하던 시절에도 진심은 아니었던 것 같아. 장례식을 잇달아 두 번 치르면서 그것 하나만큼은 인정하게 됐어. 내가 아무것도 모르거니와 알 능력조차 없다는 것 하나만큼은……. 내가 보기에 거창한 직함이나 명예나 위신이나 잘 자란 자식 같은 건 이를테면 수박이나 코코넛 같은 거다. 단단한 껍데기 너머에 끈적거리는 과육이 있는 열매들 말이야. 가치로운 건 사실이지만 그저 가지고 있는 것만으로는 아무 소용도 없어. 단맛을 즐기려면 껍데기를 벗겨야 하는데 손에 즙을 묻히기는 싫어서, 칼을 잘못 쓸 가능성도 두려워서 차곡차곡 모아만 둔 기분이 든단 말이야. 이제 와서 수십 년 묵힌 수박을 따 봐야 썩은내 외에 뭘 맡을 수 있을까? 사실 과육은 애진장 빨대를 통해 사라졌고, 텅 빈 공간이나 마주치게 되는 게 아닐까? 껍데기를 잘라 낼 칼은 오래전에 잃어버렸던 것 같은데 뭘 할 수 있을까? 그러니까 사실은 아무것도 없는 상황이나 마찬가지라는 건 나 스스로도 알고, 그게 내 무능력 때문이라는 것도 알아. 하지만 그래도 냉장고가 채워져 있기를 바라는 게 사람 심리야. 텅 빈 수박 껍데기가 아니라 죽은 쥐나 벌레 같은 거라도, 어쨌든 뭔가가 있었으면 해…… 그게 뭐든 간에……."

"내가 벌레야?"

"너는 나를 벌레 보듯 하지 않냐."

지연은 민형을 빤히 바라보더니 리모컨을 쥐었다. 그때 빔 프로젝터는 요리 경연 프로그램의 다음 회차를 상영하고 있었다. 일전의 그 호스트가, 망가진 케이크를 내려다보며 호들갑스러운 반어법을 구사하는 중이었다. **이야, 해냈군요.** 그 말과 동시에 화면이 파일 탐색기 창으로 전환됐다. 영화 폴더를 훑던 지연은 중간쯤에서 〈에일리언 1〉을 찾아내 재생했다. 각주를 달듯 중얼거리는 목소리가 이어졌다. 아빠가 이거 보고 있을 때는 일부러 거실 벽은 보지도 않고 곧장 방으로 들어갔어. 배경음악 듣기도 지겨워서. 그래도 한번쯤 봐 둬야겠다는 생각을 예전부터 했어. 민형은 천천히 고개를 끄덕였고, 입을 다물었다. 메인타이틀 음악과 함께 불 꺼진 거실만큼이나 익숙한 노스트로모 호의 정경이 눈앞에 펼쳐졌다. 눈 감은 채 소리를 듣는 것만으로 떠올릴 수 있을 만큼 익숙한 장면들이 지나가는 동안 간간이 질문이 날아들었다. 그런데 정말로, 왜 갑자기 미안하다고 한 거야? 간 공여 이야기를 들었다고 해서 사과하는 건 말이 안 돼. 평소에는 절대 안 그랬잖아. 특히 호칭 문제는. 그거 아빠가 알게 되면 정말로 폐쇄병동에 갇혀도 할 말 없겠다 싶었는데. 민형은 장면 다섯 개가 지나갈 동안 생각했고, 입을 열었다.

"그건 말이다, 세상 사람들은 모두 〈포레스트 검프〉를 보고 즐거워하는데 나는 도통 그럴 수 없기 때문이고, 내가 사람 얼굴을 똑바로 보질 않기 때문이고, 남들은 다 구분하는 쌍둥이 얼굴을 모르기 때문이야. 그리고 전구를 바꾸고 배수관을 갈아 끼우듯, 세상사람 누구에게든지 인간관계를 고치고 다른 사람을 돌보는 능력이 있는 것 같은데 나는 무슨 사안이든 인부를 불러야 하기 때문이야. 이제사 말하는 거지만 너희 둘을 학교로 돌려보내겠답시고 민호 놈 가게 설비를 여럿 바꿔 줬다. 사람 고용한 수당이라고 치면 불합리한 금액까지는 아니지만 그랬다는 거야. 누구는 돈까지 받아 챙기면서 좋은 사람 노릇을 하고, 나는 그게 전혀 안 돼. 그럴 능력이 없다는 데에 오랫동안 화가 났는데 이젠 괜한 성질을 부린다고 속 시원하지도 않을 지경이라 관두기로 했다."

"십 년 전에 들었으면 좋았을 말을 이제 와서 하네. 그것도 삼촌 죽이는 소리나 하면서."

민형은 침묵했다.

"난 예전에는 아빠가 끝없이 미웠고 사실은 지금도 그래. 앞으로도 영영 그럴 것 같아. 그리고 삼촌은, 차라리 삼촌이 좋다고 생각하다가도 곱씹어 보면 삼촌이야말로 진짜 문제인 것 같아서 마음이 복잡해졌어. 거꾸로 아빠 태도가 착한 사람을 골칫덩어리로 만들어 버린 게 아닌가 의심하기도 했고. 그러다가 어느 순간부터는 둘이 너무 안 맞는다고, 세상에는 아빠 같은 아빠가 많고 삼촌 같은 삼촌도 많으니까 그 자체로는 큰 문제가 아닐 텐데 둘이 붙여 놓으면 말도 안 되는 일들이 벌어진다고 생각하게 됐어. 둘 다 각자의 방법으로 잘못한 거야. 엄마가 불쌍한 사람인 거랑 별개로, 엄마한테도 약간은 잘못한 부분이 있을 테고. 그러니까 각각 억울한 부분도 있겠지……. 아니야, 엄마는 그냥 불쌍한 사람이야……. 하지만…… 그러면 우린 뭐가 되지? 나는 뭐가 되는 거야?"

민형은 우리라는 인칭대명사가 누구누구를 포함하는지가 궁금해졌고, 우연이 거실에서 이 대화를 듣는 중이라고도 생각해 봤다. 지연을 감싸고 민호를 죽여서라도 가족의 형상을 유지하겠다는 기획은 우연에 대한 배신일 것이다. 어쩌면 그건 지연을 위한 일조차 아닐 수 있다. 비록 그것이 장부상으로는 지연에게 이득일지라도. 지금이라도 아집을 내려놓고 진실의 여파를 감수하는 것과 지금까지의 관성을 끝까지 밀어붙이는 것, 둘 중 무엇이 옳은지 의문이었다. 뒤늦은 깨달음이 도리어 관성을 추동하는 형세가 스스로 보기에도 한심스러웠다. 그는 어조가 괜스레 퉁명스러워지는 것을 느꼈다.

"이러나저러나 치과 의사는 되겠지."

"나는 간을 주기는 싫어. 무섭잖아. 하지만 그렇다고 해서 삼촌이 아주 싫은 건 아니고, 꼭 죽기를 바라는 것도 아니야. 간을 안 주면 죽겠지만 말이야. 그리고 지금까지 받은 것도 많으니까, 무섭다는 이유만으로 피하는 건 이기적인 짓이 아닌가 싶기도 해. 사실 간은 떼어 준다고 해서 죽는 장기는 아니니까, 눈 딱 감고 수술실에 들어가면 끝날 일이라고도 생각해. 할 수 있다면 해야 하는 걸까? 잘 모르겠어. 하지만 아무것도 모르겠으니 까 다 죽어 버렸으면 좋겠다는 생각은 가끔 해. 아니, 사 실 꽤 자주. 아까는 아빠가 정말로 그래 줄 사람이라서, 상황을 설명할 수도 없고 설명하기도 무서워서, 도망치 듯이 휴대폰을 박살낸 거야. 딱 그것만 해 줄 사람인데, 그런다고 해서 하등 나아질 게 없는 사안이라서. 그러니 까 삼촌을 죽이든 말든 혼자서 결정해. 나는 신경 *끄*고 싶어. 아빠도 우리 일에 신경 안 썼잖아."

"네가 도와야 해. 어쨌거나 이것까지가 네 일 아니냐."

"고민은 해 볼게."

몇 가지 기본 원리의 개연적인 중합물. 우선 첫째로 정맥주사는 위장관을 자극하는 물질이 포함되지 않았 을지라도 구토를 유발한다. 약물이 혈류를 타고 순환하 며 CTZ(화학수용체 방아쇠 구역)를 자극하고, 이 과정에서 바로 옆의 구토중추가 반응하기 때문이다. 급속 주입 시 자율신경계와 CTZ의 반응이 더욱 활발해지므로 구토 가능성이 보다 높아진다. 그리고 둘째, 반코마이신은 히스타민 분비를 유도함으로써, 메트로니다졸은 직접적인 위장관 자극과 중추신경계 영향을 촉발함으로써 구토를 유발한다. 한편 메트로니다졸은 알코올과 병용할 시 오심, 구토 등의 디설피람 유사반응을 일으킬 수 있으며, 그 자체로 간독성(肝毒性) 발생 가능성을 지닌다. 두 개 약제는 일반적으로 사용되는 항생제이다. 마지막 셋째, 마취제로 진정 상태가 된 환자는 의식이 저하될 뿐만 아니라 근이완으로 인한 호흡 억제와 구개반사 억제를 겪는다.

그리고 무엇보다, 민호는 간을 바꿔야 할 상황에조차 술을 찾는 놈이다.

1970년, 지미 헨드릭스는 만취 상태로 잠에 들었다가 토사물의 기도 유입으로 질식사한다. 그로부터 십 년이 지나 AC/DC의 보컬리스트인 본 스콧이, 레드 제플린의 드러머인 존 보넘이 똑같은 운명에 처한다. 전설적인 기타리스트, 전설적인 보컬리스트, 전설적인 드러머 셋이 한데 모여 있다. 이따금 통기타나 뚱땅거리는 한량이 그 곁에 안장되는 것은 영예가 아닌가?

어린애가 사라진다면 동네방네 공고가 붙지만 성인 남성이 행방불명되면 도박 빚을 지고 야반도주했거나 어디에선가 노숙을 하고 있으려니 하는 게 세상 이치다. 죽음도 마찬가지다. 기저 질환이 뚜렷한, 50대 남성 알코올중독자의 급사에 의구심을 가질 경찰은 정말로 거의 없다. 강경하게 부검을 요구할 사람 역시 최씨 집안에는 없다.

·˙·

호랑이는 죽어서 가죽을 남기고, 사람은 죽어서 이름을 남긴다고들 한다. 그렇다면 사람을 죽여서 남길 건 뭘까? 잘은 모르겠으나 무언가의 껍데기가 남을 것이며 그 안에 공범 의식도 채워 넣을 수 있을 테다. 그건 결과이기 이전에 준비물이었고, 민형의 경우 두 명의 몫이 필요했다. 지연은 휴대폰이 부서진 다음 날 곧바로 공기계를 구하더니 때때로 민호와 통화했다. 이제는 거실에서 대놓고 떠드는 게 숨길 마음조차 없어 보였다. 그러나 민형의 제안은 언급하지 않는 듯했으므로 그는 내버려두었다. 다른 한 명은 나정이었다. 그는 주중 내내 적당한 타이밍을 고민하고만 있다가 토요일이 되어 나정의 병원으로 향했다. 진료실에 발을 들일 때까지는 여느 병원과 다를 것 없는 분위기였다. 문이 닫히자마자 매서운 목소리가 날아들었다.

"이름이랑 나이 보고도 설마 아니겠지 했더니만. 여긴 도대체 왜 왔어?"

"불러내면 화낼 것 같아서."

"업무 시간에 자영업자 괴롭히지 말고 차라리 술집 주소를 찍어. 아니면 대기실에서 1시 30분까지 기다리든지. 점심 같이 먹어 줄게."

가운을 걸친 나정의 모습은 낯선 듯하면서도 익숙한 인상을 줬다. 민형은 벽면에 걸린, 학회 회원증을 비롯한 각종 증명서를 빤히 바라보다가 중얼거리듯 말했다.

"아냐, 여기서만 할 수 있는 부탁이야. 그냥 약 몇 종류만 챙겨 주면 돼."

"당신 2차급에서 일하잖아. 설마 내과가 없나?"

"임상에서 맨날 쓰이긴 하는데 거기서 받을 만한 물건은 아니야. 내가 직접 처방하기에도 곤란하고. 메트로니다졸이랑 반코마이신, 미다졸람. 혹시 모르니 여기에 마크롤라이드계 항생제 추가해도 좋을 것 같고, 주사제로 넉넉하게 세 병씩, 부자재랑 같이. 기왕이면 어딘가에 쓴 셈 치고 빼돌리는 게 제일 낫겠지만, 필요할 경우에는 다른 사람 명의로 처리했으면 좋겠어. 그냥 내 앞으로 차트가 나가지만 않으면 돼."

그렇게 읊는 동안에도 민형의 시선은 나정의 전문의 자격증과 국제 학회 인증서 사이를 맴돌았다. 액자에 담긴 서류들을 세 번씩은 반복해 읽었는데도 답이 돌아오질 않았다. 고개를 돌리자 나정이 엄지로 관자놀이를 지그시 누르고 있는 게 보였다. 다른 손으로는 볼펜을 쥐고 이면지에 무언가를 적고 있었다. EMR에는 기록하지 못 할 추측들이었다.

"설마 동생 때문이야? 저번에 말한 어머니 유산 배분 때문에?"

"그런 거 아니야. 그건 이제 부차적이야."

"그러면 뭔데?"

민형은 침묵했다.

"설명을 해야 돼. 안 그러면 난 당신이 수틀리면 누구든 죽일 사람이라고 믿게 될 거야. 그러니까, 나까지도."

"지금은 아닌가?"

"간당간당하긴 해도 아직까지는 아니야."

그는 운을 떼기에 앞서 나정에게 어디까지 털어놓았던가를 되짚어 보았다. 불륜 사건은 한 번도 입에 담은 적이 없었으니까 사태의 전말을 읊으려면 이십오 년 전으로 거슬러 올라가야만 했다. 그건 과했다. 이 자리에서 채린을 무덤에서 건져 올려 불쾌한 칭호를 달아 줄 마음은 없었으며 그 칭호에 자신의 존재를 엮어 넣고 싶지도 않았다. 민형은 바로 이런 아집이, 도덕 감각도 고결성도 염치도 되지 못 할 완고함이 자신을 무진 곤경에 빠트려 왔음을 다시금 깨달으면서도 언제나처럼 말하기 시작했다.

"전처 일은 대강 알 거야. 전처가 사고로 죽고부터 쌍둥이 딸이 엇나갔고, 동생 녀석이 애들을 챙겨 줬다고…… 그 녀석이 간부전이 심하게 왔는데, 남의 딸한테 간을 달라고 그러네. 이대로 가면 장기를 뜯길 판이야. 그런데 나는 그게 절대 좋다고 생각하질 않아. 몸이 그 꼴이 났는데도 사시미 보더니 사케를 왜 안 시켰냐고 하는 놈이거든. 그런 놈 환갑 되고 칠순 될 때까지 술이나 퍼 마시라고 어린애 간 떼어 주는 건 미친 짓이란 말이야. 그런 놈이 술 마시다가 기도 폐쇄로 죽는 건 자연사고. 부검도 안 할 거야."

"당신 딸이면 성인이잖아. 성인이 자발적으로 공여를 하겠다는데 그게 사람 죽일 이유씩이나 돼? 물론 부모 입장에서 마뜩잖은 건 알겠고, 나라도 주기 싫은 거 이해하는데, 그게 사람 죽일 이유냔 말이야. 일단 설득을 해 봐. 설득을 해도 안 들으면 애는 저번에 말했던 대로 폐쇄병동에 넣든가 하고, 당신 동생은 그냥 간부전으로 죽으라고 내버려둬. 차라리 그게 나아. 지금 이 시점에 서두를 이유가 전혀 없잖아."

"설득으로 될 문제가 아니야. 사정이 복잡해. 말 안 한 부분이 훨씬 많아. 그냥 계획만 설명해 줄게."

"아니, 당신 성격상 안 들킬 계획 짜고 있다는 건 알아. 그 부분은 확신해. 그런데 나를 그 계획에 끼워 넣으려면 복잡한 사정을 알려주는 게 필수란 말이야. 어차피 다 같은 일부잖아. 계획의 일부."

물론 이해받고 싶은 욕구가 아예 없는 것은 아니었다. 체면이고 뭐고 내버린 채 속마음을 온전히 털어놓은 다음, 그 솔직성이야말로 사실은 체면을 세울 방편이었음을 확인하려는 마음이 누구에게나 있다. 그러나 채린의 죽음을 겪으며 민형은 자신이 어떤 종류의 인간인지를 깨닫게 되었다. 순전한 편집증 환자라기에는 현실검증력이 살아 있었고, 합리적 의심만을 제기한다기에는 과도하게 불안해했다. 그리고 집요했다. 미래가 온통 실수로만 점철되어 있다면 그나마 약한 실수를 고르고 싶다는 것이 민형의 심리였다. 그는 이미 가장 나쁜 실수를 한 차례 저질렀다. 어쩌면 두 차례.

"아냐, 이 얘기를 하면 안 돼. 모르는 게 나은 사안이야. 요컨대…… 네가 이걸 알면 그때부터 난 너를 사사

171

건건 불신하기 시작할 거야. 그건 내가 아니라 너한테 나쁜 일이야. 정말이야. 나는 너까지 죽이고 싶지 않아서 말하지도 않으려는 거야."

"그러면 나도 당신을 믿을 이유가 없어."

"1억쯤 남은 거로 기억하는데, 차용증 소각해 주지."

"당신이 워낙 답답하게 사는 거 알고, 피차 나이 먹을 만큼 먹었으니까 그 방식 존중해 왔어. 하지만 남한테 살인 공범을 맡기려면 일단 손패를 똑바로 까야지. 1억이든 얼마든 간에 돈이 중요한 게 아니란 말이야."

"별것 아닌 항생제잖아. 미다졸람은 마약류도 아니고. 들킬 일 없을 거야."

"법적 처벌을 떠나서 내가 사람을 죽이게 된다니까. 당신만 그러는 게 아니라, 나도. 나도 그렇게 된다고. 안 해 주겠다는 게 아니야. 설명만 똑바로 하면, 납득이 가는 이유라면 얼마든지 도울 거야. 그러니까 제발 솔직히 말해. 나도 당신한테 진 빚이 숫자 이상이라는 거 기억하고, 그거 갚고 싶어."

민형은 또다시 침묵했다. 나정이 고개를 설레설레 내저었다.

"지금 한 얘기는 못 들은 셈 칠 테니까, 이유 못 댈 거면 돌아가. 술 마시면서 한탄할 상대 필요하면 그때 부르고. 그건 꼬박꼬박 나가 줄게."

"부를 것도 없어. 그냥 내가 가지. 차용증에 집 주소 쓰여 있잖아. 문 앞에서 기다리다 보면 네 남편이랑 아들도 만날 수 있겠군……. 대출이 정확히 어디서 나왔는지, 남편이 계속 궁금해한다면서. 이참에 서로 알고 싶어 하는 부분 싹 까놓고 가자고."

"진짜 미쳤어?"

나정이 숨죽여 비명을 질렀다. 툭 튀어나올 듯 뜨인 두 눈이 낯익다 싶더니, 채린이 민호 앞에서 이런 표정을 지은 적이 있었을까 궁금해졌다. 민형은 간만에 실실 웃기 시작했고, 천장을 올려다보았다. 빛나듯 새하얀 천장을 배경으로 둥실둥실 흘러가는 낱말, 기억, 후회, 절규…….

"아냐, 반드시 그럴 생각은 없어. 나는 엉망진창인 인간인 게 사실이고, 남 인생까지 엉망진창으로 만든다고 해서 처지가 바뀌진 않을 테니까. 동생 집에 각파이프를 들고 가거나 차용증으로 협박하거나 약리학 내용 떠올리면서 투여 커브 짜는 것 외에 다른 일을 할 수 있었더라면 좋았을 텐데 능력이 없으니까 이 지경까지 온 셈이지. 그래도 장담할 수 있는 부분이 하나 있어. 네가 주사제를 안 주면 나는 또다시 각파이프를 들게 될 테고,

두 번째에는 똑바로 성공시킬 거야. 그러니까 이거 하나만 확실히 해 두자. 네가 나한테 두 번째로 연락했을 때, 너는 분명히 이혼하겠다고 했어. 세 번째에도, 네 번째에도, 차용증을 쓸 때도……. 물론 그러고서 바로 재혼했더라면 딸애들이 어떻게 반응했을까 싶고, 지금 상태가 그나마 차악이라는 생각도 들지만, 너랑 내 관계에 대해서만큼은 그렇다는 거야……. 나는 그 답답한 성격 때문에 사람을 여럿 죽였지만 어떤 면에서는 오래 참는 사람이야. 그만큼 이번 부탁은 나한테 절실한 문제야. 네가 남편이랑 계속 잘 지내고 싶어 하는 것만큼이나. 네가 아들을 걱정하는 것만큼이나……."

⁂

〈데어 윌 비 블러드(There Will Be Blood)〉는 폴 앤더슨 감독의 2007년 영화로, 석유 사업가인 대니얼 플레인뷰의 일대기를 조명한다. 현대적 비극의 형식을 통해 구현되는 성공과 파멸의 변증법. 그 주제 의식은 중반부의 시추탑 화재 장면에서 집약적으로 드러난다.

오래도록 소득이 지지부진하던 시추공으로부터 곧은 석유 줄기가 치솟고, 플레인뷰의 양아들인 H.W.는 그 여파로 멀리 날아가 청력을 잃고 만다. 플레인뷰는 H.W.를 임시 식당의 간이침대에 눕힌 뒤, "가지 마세요!"라는 외침을 뒤로하고 시추 현장으로 돌아간다. 석유 줄기에 불이 붙는다. 해가 저물어 가는 저녁 하늘은 희미한 주홍색 빛을 지평선에 겹쳐 깔아 놓은 형세고, 거대한 먼지 덩어리와 같은 매연이 그 위로 둥실둥실 떠간다. 화염에 사로잡힌 시추탑이 기울어 꺾이고 무너진다. 플레인뷰는 화재를 진압하기 위해 다이너마이트 폭발을 지시하고, 동업자가 H.W.를 살피러 식당으로 향하는 동안 그 자리에 홀로 머문다. 석유로 온통 새까매진 얼굴 속에서, 석유만큼이나 새까만 눈동자가 맹렬한 빛을 발한다. 그는 무언가를 얻는 동시에 영영 잃어버린다.

이때 플레인뷰의 대립 항으로 제시되는 인물은 3계시교의 영적 지도자인 일라이로, 두 인물은 석유 사업과 그 일대의 땅을 두고 매 순간 갈등하거나 일시적으로 연합한다. 그들의 갈등은 영성과 금권의 경합이고, 영적 치료자의 권위와 H.W.의 청력 손상 사이의 긴장이고, 성사(聖事)와 죄의 고백에 내재된 사도마조히즘이다. 플레인뷰는 일라이를 구타하고, 일라이는 플레인뷰에게 자학적인 고해를 요구하며, 이러한 적대의 연쇄를 통해 각자의 종교적 비즈니스와 석유 사업은 상호 기생적으로 결합한다. 그리고 마지막 장면에 이르러, 플레인 뷰는 새로이 동업을 제안하는 일라이를 때려 죽인다. 술에 잔뜩 취해서, H.W.에게 절연당한 여파로, 오래전의 모욕으로 인해, 혹은, 플레인뷰가 오래도록 영성과 믿음의 세계를 경멸해 왔다는 사실에 의해.

그 동기에 우열을 매기기는 불가능하다. 수많은 원인들의 종합체가 있을 뿐이다.

그러니까 살인을 결심하는 동기는 결혼의 동기와 유사하다. 합가할 돈이 있어서, 상대가 좋아서, 사회적 입지를 생각해 볼 나이가 되어서, 부모님이 원해서처럼 수많은 이유들이 그 결정에 관여하고, 그래서 결과적으로는 뚜렷한 이유가 없게 된다. "이 사람이라면 평생 함께할 수 있을 거라고 생각했어요." 같은 논변이 동어반복적인 까닭도 거기에 있다. 그들은 결혼을 마음먹을 만한 상대라서 결혼을 마음먹었다고 말하는 것이다. 민형에게 민호는 죽일 만한 상대이며 실은 오래전부터 그랬다.

다만 이번 결정으로 해묵은 미궁이 스러지기를 바라는 마음만큼은 뚜렷했다. 미궁은 단 한 번의 사건 위에 세워진 구조물이었으며 모든 항변에 대한 반박과 재반박을, 새로운 의심을 그 내부에 갖추고 있었다. 출구는 없었다. 신기루 같은 공간을 헤매며 책임과 과실의 배분을 하염없이 재산정할 때마다, 쌍둥이의 친부가 누구인지를 매 순간 새로이 궁금해할 때마다, 스스로에게 결단할 능력이 없음을 깨달을 때마다 민형은 압도적이고 절대적인 판관이 있기를 바랐다. 미궁으로부터 빠져나갈 수만 있다면 자신에게 전적인 책임이 있다는 판결조차 기꺼이 감내할 수 있었다.

경찰에 붙잡히기를 바라는 것은 아니었다. 그러나 감옥에 간다면 그것도 괜찮을 것 같았다. 민형은 그냥 마음속의 무언가를 자신이 바라는 형태로 끝장내고 싶었다. @ahayahaya의 정체가 명백해지기 전에, 민호가 지연과 우연의 정체성을 협상용 카드로 삼으려 들기 전에, 지연 스스로가 간을 넘겨주겠다는 의사를 굳히기 전에, 의심의 구조물이 본격적으로 증축되기 전에, 대화로 해결할 수 있으리라는 환상을 몰아내기 위해서라도. 이게 터무니없는 이유라는 것은 민형 스스로도 알았다. 그러나 그는 다른 길을 몰랐다.

.ᐧᐧ.

민형은 민호에게, 지연은 민형과 민호에게, 나정은 민형에게 고민해 보겠다고 답했다. 모두가 손패를 나눠

받는 동시에 자기 조건을 내세운 셈이었다. 이로써 각자가 서로의 주공이며 파트너이자 적군인 마이티(Mighty) 카드 게임이 개시됐고, 처음으로 카드를 연 사람은 나정이었다. 며칠이 지나 수술을 마치고 퇴근한 민형은 문 앞에 놓인 택배를 마주쳤다. 열어 보니 건강보조제 한 박스와 부탁했던 약제들이 들어 있었다. 생리식염수와 주사기를 비롯한 부자재도 함께였다. 그는 일전에 받았던 글렌피딕 15년을 가져와 지관통 표면을 몇 번이고 닦았다. 경찰이 마음잡고 추적한다면 유통경로는 금방 들키겠지만 나정의 지문은 없는 편이 좋았다. 그 후 민형은 지연을 거실로 불러냈다.

"저번에 꺼낸 이야기가 아직 안 끝났지. 나는 준비를 마쳤으니 네 입장을 들어 보도록 하자. 일단 계획은 이래. 민호 자식은 내가 문을 열어 달래도 절대 집 안에 들이지 않을 거다. 하지만 네가 하루 이틀만 재워 달라면 선뜻 그렇게 하겠지. 갈 때 술을 가져가라. 간이 그 꼴 서리가 됐는데도 술을 찾는 놈이니까, 간을 주겠다는 약속이 구두로라도 생기면 또 마실 게 분명해. 어떻게든 마시게끔 만들어야 해. 안주까지 포함해서. 하여간 놈이 완전히 취해서 곯아떨어지면 나한테 연락해라. 네가 안쪽에서 문을 열어줘. 그러면 길어 봐야 두세 시간 내로

처리하고 나갈 수 있을 테다. 어차피 혼자 사는 녀석이니 발견되기까지는 시간이 사나흘씩 걸릴 테고, 나야 홧김에 가출한 딸을 데리러 왔다고 하면 경찰들 보기에도 이상할 게 없어."

계산은 애진작 마친 상태였다. 고급스러운 계산이 필요한 사안부터가 아니었다. 마취과가 전문의 자격증이 필요한 분과인 까닭은 사망 사고의 위험 때문이라지만, 죽음 자체가 목적이라면 요구되는 전문성의 허들이 훌쩍 낮아졌다. 최고 혈중농도 도달시간이나 적절한 주입 속도 역시 대강의 타임라인을 마련해 놓는 선에서 정리할 수 있었다. 다만 그럼에도 미결로 남은 항(項)들이 몇 가지 있긴 했다. 민형은 이 결정으로 잃을 것과 얻을 것들을 확신할 수 없었고, 그 세목은 법과 회계장부의 테두리 바깥을 맴돌았다. 지연이 깜박이지 않는 눈으로 민형을 빤히 바라보았다.

"여기서 내가 하겠다고 하면 어떻게 되는 거야?"

"울면서 민호한테 전화해야지. 그런 다음 위스키 챙겨서 택시 타고 가면 된다."

"내가 거기 가서 마음이 바뀌면?"

"그것까지가 네 선택 아니겠냐. 지금은 망설이더라도 두 번째 기회가 얼마든지 있을 테고. 하지만 나는 세 번째부터는 딱히 감수하고 싶지 않고, 가급적이면 첫 번째에서 끊고 싶구나."

민형이 입을 다문 후로도 지연의 눈은 오래도록 한 점에만 고정되어 있었다. 상대의 두 눈을 들여다보되 시선을 맞추지는 않는 묘한 눈길이었다. 그러더니 문득 고개가 비스듬히 돌아가 어딘가를 보았다. 천장과 벽면 사이의 구체적이지 않은 어딘가. 우물거리는 건 아니지만 그렇다고 해서 적극성이 느껴지지도 않는 목소리가 중얼중얼 들려 왔다.

"여러 가지 생각해 봤어. 아빠한테서 그 말을 들었을 때부터가 아니라, 우연이가 죽었을 때부터, 쭉. 나는 우연이가 죽었는데도 아빠가 그대로라서, 오히려 더 심해진 것 같기도 해서 놀랐어. 슬프거나 화난다기보다는 신기했던 거야. 아파트를 사야 한다거나 수능을 한 번 더 치라거나, 그런 말들이랑 똑같은 어조로 사람을 뒤바꾸고 죽이는 이야기를 하잖아."

"그래."

"하지만 완전히 바뀐 부분도 많다고 느껴. 예전부터 마음 한구석에는 사과해야겠다는 생각이 있었을지도 모르지만, 어쨌든 아빠가 그걸 입 밖으로 낸 건 처음이니까. 그래서 오히려 궁금해지는 게 있어. 만약 내가 진짜 우연이라면, 죽은 게 대학에 못 붙은 쪽이었다면, 경찰한테 읊어 댄 변명처럼 정말로 자살했다면, 아빠가 지금처럼 변했을까? 사과했을까? 마음고생을 하고 쩔쩔매고 힘들어했을까? 자기한테 문제가 있다는 걸 똑바로 바라봤을까? 혹은, 딸 둘이 멀쩡히 살아 있었다면, 그리고 삼촌이 간을 달라고 한 상대가 대학에 못 붙은 쪽이라면, 그래서 바꿔치기 문제로 약점을 잡힐 것도 없었다면, 그 경우에도 아빠는 삼촌을 죽일 생각을 했을까?"

민형은 고민해 보았고, 확신할 수 있는 부분에 대해서만 솔직해졌다.

"아마 했을 거다. 그 놈은 예전부터 죽이고 싶었어. 나랑은 너무 안 맞아."

"죽으라고 내버려두는 게 아니라, 정확히 지금 같은 방식으로?"

"대뜸 살인자가 되는 건 나한테도 부담스러운 일이긴 하니까, 책잡힐 이유만 없었더라면 보다 온건한 방법을 택했을지도 모르지. 형님한테 가서 그간 있었던 일을 솔직히 말하고 엎는다거나. 하여간 그냥 넘겨 주진 않았을 거야."

"나머지 질문에 대해서는?"

"글쎄."

어떤 질문에 대한 답변은 확고한 긍정이 아닌 이상 일괄 부정으로 집계된다. 모르는 것도 긴가민가한 것도 실상은 아니라는 것이다. 그런 종류의 질문이 있다. 민형은 그 사실을 알았고, 지연도 알았다. 지연의 코가 감기 걸린 강아지처럼 씰룩거렸다.

"지금 내가 진짜 우연이라고 믿는 거 아니지? 현실이랑 거짓말이랑, 분간할 줄은 알지? 그리고 아빠가 나한테 시키려는 일도 기억하고? 그런데도 나한테 그딴 식으로 말하고 있는 거지?"

"구분은 아주 잘해. 이 지경까지 온 판에 거짓말해 봐야 소용없다는 것도 안다. 듣기 좋은 말 지어 낼 능력도 없고." 민형은 잠시 멈췄다. "나는 나쁜 건 나쁜 것이고 좋은 건 좋은 것이라고, 뭔가를 못하면 욕을 먹어야 한다고 배웠다. 그간 지적도 많이 받았고 머리로는 그게 아니라는 걸 알겠다만 인간이 어디 머리로만 생각하냐. 내가 보기에 사람 생각이란 대개 이성의 작용이 아니라 몸과 기억과 공포의 중합물이야. 이성은 다만 그 중합물을 매개하는 촉매 따위야. 그러니까 나한테 누군가를 사랑하려는 노력이란 그 사람을 사랑할 수 있을 만큼 좋게 만들려는 노력이고, 가망이 있는 선에서 병원비나 학원비나 합의금을 대어 주는 노력이야. 그리고 그 주위에서 나쁜 걸 치워 없애는 노력이야. 줄곧 그랬고 지금도 바뀔 건 없어."

"하지만 아빠가 우릴 망친 건데."

"그간의 방식이 틀렸다는 걸 깨닫는 것과 다른 방법을 새로 익히는 건 완전히 별개야. 마음껏 욕해라. 어차피 평소에도 많이 했을 거 아니냐. 혹은 두들겨 팰 용도로 각파이프라도 하나 마련해 주랴?"

"그렇게 해결될 문제가 아니야! 아니라고! 아빠는 그런 거로는 정신 절대 못 차려!"

지연은 낯설도록 명료하고 이상하리만치 아이 같은 목소리로 외치더니 소리 내어 울기 시작했다. 선산에서 들었던 것보다 훨씬 크고 깊었다. 그 울림이 커지고 커지면서 거실의 다른 모든 소리들을 잡아먹더니 훅 사라졌다. 일시 정지한 듯한 진공 속에서, 민형은 다음 장면을 기다렸다. 그게 무엇이든지 간에. 이윽고 지연은 민호에게 전화를 걸어 흐느끼기 시작했다. 최민형 진짜 미쳤어. 진짜 너무 싫어. 진짜 죽었으면 좋겠어. 너무 싫고 죽었으면 좋겠어. 이러다가 나까지 죽을 거 같아. 진짜야. 그 옹알이 같고 망가진 축음기 같은 말을 아마도 백 번은 거듭해 들었을 것이다. 그러고는 아빠 집에서 잘래 하는 말이 마침표처럼 이어졌다.

그 후 지연이 글렌피딕 15년을 챙겨 휙 사라졌을 때, 세 시간이 지나 지연에게서 메시지가 왔을 때, 목적지로 향하며 일전의 그 해체주의 양식 건물을 다시금 보았을 때까지도 민형의 머릿속에서는 그 말들이 반복되고 있었다. 이미 사라진 목소리 위에 바이올린의 술 폰티첼로(sul ponticello)처럼 겹치는 흐느낌 소리. 묘했다. 불쾌하다거나 짜증스럽다거나 하는 기분과는 다른 감각이었다. 지연이 자신을 선택하려는 게 맞는지, 만약 그렇다면 그 까닭은 무엇일지, 무언가를 간과하고 있는 게 아닌지, 혹은 바로 이 선택을 통해 무언가를 치명적으로 놓치게 되는 것은 아닐지, 지연이 궁극적으로 해결하려는 문제가 도대체 무엇일지 하는 생각이 잇달아 떠올랐다. 이 사태가 이런 식으로 간단히 끝나진 않으리라는 예감도 있었다. 그러나 물러나기에는 정말로 늦었다.

민형은 현관문 앞에서 도착했다는 문자 메시지를 보낸 뒤 실리콘 장갑을 꼈다. 지연은 문을 열어 주더니 거실 소파에 가서 앉았다. 방 침대에서 곯아떨어진 민호를 내려다볼 때까지만 해도 민형은 갖가지 긴장에 사로잡혀 있었다. 다행히도 미다졸람이 약효를 발휘하기 시작한 다음부터는 아무런 생각이 없어졌다. 그는 정확한 순서로 계획을 처리해 나갔다.

Progress Note

만취 상태의 50세 남환. 기저 간부전 있는 자.

[T+0]

Midazolam 2mg IV push administered over 45sec

투여 목적: behavioral control & prophylactic antiemesis

Empiric antibiotics initiated

Metronidazole 1g/150mL NS IVSS over 15min

Vancomycin 2g/150mL NS IVPB over 15min

[T+20]

Red man syndrome 의심 소견

Disulfiram-like reaction 발생 S/Sx:

[T+25]

Midazolam titration:

2mg IV bolus initially

Additional 1.5mg q3min x 2 doses

Total cumulative dose: 5mg/7min

Vancomycin 1g IV push administered over 45sec

[T+30]

Aspiration event confirmed

Marked respiratory depression

Loss of protective airway reflexes

꙳

끝이었다. 그는 에어컨이 여섯 시간 뒤에 꺼지도록 예약된 것을 확인한 뒤 문밖으로 나왔고, 장갑을 벗었다. 거실 테이블에 글렌피딕 병과 배달 회 접시가 남아 있었다. 민형은 손끝으로 테이블 가장자리를 두드리다가 술잔을 가져와 위스키를 절반가량 따랐다. 그러고는 한 모금 마신 상태로 내려놓았다. 그러는 동안 지연도 민형도 입을 열지 않았다. 무언가를 연방 곰곰이 생각하면서도 단어로는 바꾸지 않는 상태가 계속됐다. 그것은 민형이 평생토록 겪어 온 불안의 일반적인 형태였으며 따라서 평정이었다. 그는 지연을 일으켜 세웠고, 다시 문밖으로 나왔다.

용서는 최종 평가를 공란으로 바꾸되 그 대상은 온존함으로써 세계를 새로이 받아들이고자 준비하는 작업이다. 용서받는 사람이 바뀌기 이전에 용서하는 사람이 변한다. 그러나 민형의 세계는 옳음과 그름이, 좋음과 나쁨이 언제나 하나의 값으로 환원되는 단일한 공간이었으므로 모든 과거와 미래가 교환 가능한 조각들로 변했다. 그리고 서로 맞바꿀 수 있다면 그것들 각각은 아무것도 아니었다. 아무것도 아니므로 필요할 경우 상계하거나 소각할 수 있었다. 시간이 충분한 밀도로 흘러간다면, 그것들 각각에 올바른 가치가 부여된다면, 또한 표현 너머를 괘념치만 않는다면 회계 처리는 언제나 용서보다 손쉽고 합리적이다. 그 아슬아슬할 만큼 견고

한 조건들이 지탱하는 것은…….

　　 ．•＂•．

　감시자의 눈길을 피하려면 감시자와 함께 걸어야 하는 법이다.

　민호는 나흘이 지나 발견됐다. 한여름에, 닫힌 방에 오래도록 방치되었던지라 부패의 정도가 심했다. 유가족 진술을 위해 경찰서에 들렀을 때 민형은 솔직해질 만한 부분에서는 최대한 솔직해졌다. 아내가 어쩌다가 죽었는지, 그 후로 자신과 쌍둥이 딸의 사이가 어떻게 되었는지, 그 딸 중 하나는 어쩌다 죽었는지를 읊고 나자 지연이 민호의 집으로 가출한 이유가 자연스레 해명됐다. 따라서 민형이 그 시간에 민호의 집으로 향했던 이유도 설명될 수 있었다. 가출한 딸은 삼촌 집에서 놀다가 갑자기 돌아가고 싶은 마음이 들었고, 민형은 민호와 말다툼을 벌인 뒤 딸을 데리고 나왔다. 민호는 남은 술을 들이켜고 쓰러져 자다가 기도 폐쇄로 질식사했다. 적절한 명분과 개연성을 갖춘 비극이었다. 지문을 채취하더라도 민호가 죽은 자리에는 민형의 몫이 결코 없을 터였다.

민석은 잇단 부고에 침울한 기색을 드러내긴 했지만 부검의 필요성 자체는 느끼지 못 하는 모양새였다. 우혁도 떨떠름한 표정으로 민형을 바라볼 뿐 적극적으로 캐묻진 않았다. 앞으로 녀석과 다시 술 마실 일이 없으리라는 것은 직감했으나 원래부터 독대하는 사이가 아니었으니 상관없었다. 민형은 이번에도 가족의 도리를 다했고, 퇴근한 뒤 곧장 장례식장으로 향했다. 대부분은 모르는 얼굴이었지만 조문객이 꽤 많았다. 호상인지 악상인지 분간이 어려울 만큼 웃음과 울음이 왁자지껄하니 교차하는 자리에서, 얄궂은 논평이 섞여 들렸다. 음주운전이 습관인 사람이 교통사고로 죽는다면 자연사라고, 그걸 급작스러운 사고로 받아들일 주변인은 없으리라고 했다. 옳은 말이었다. 민형은 다종다양한 조문객들, 예술이라도 할 듯한 여자와 평범해 보이는 회사원과 이상한 옷을 입은 여자애와 문신 새긴 남자…… 들을 천천히 훑으며 스스로에게 물어보았다.

기분이 좋은가? 잘 모르겠다.

기분이 나쁜가? 잘 모르겠다.

막막한가? 어느 정도 그렇다.

하지만 무엇을 더 해야 할까?

화장터 풀무에서 막 꺼내져 나온 고인의 뼈는 희고

뜨거웠다. 유골함에 담을 뼈를 직접 고를 수 있도록 유가족들에게 집게가 차례대로 돌아갔다. 아주 작은 조각을, 하나씩만 택할 수 있고 나머지는 분골 절차를 거쳐 뼛가루로 변하리라는 점에서는 전례라고 부를 만한 절차였다. 실효를 논하지 않는 행위 속에 경건함이 깃드는 과정. 근육과 인대와 신경과 피부와 혈관을 모두 잃어버린 뼈대는 올 풀린 뜨개 목도리처럼 산산이 흩어져 있었다. 뼈 각각도 생전의 모습을 유지한 것보다는 이미 바수어진 게 훨씬 많았다. 민형은 집게로 쥘 만큼 작은 조각들의 원형을 역산해 보다가 그만두었고, 아무 조각이나 주워 담았다. 그리고 원래의 삶으로 돌아갔다.

그는 언제나 그랬듯 병원으로 출근했고, 퇴근 후에는 잠시 자전거를 타다가, 자기 전까지 영화를 봤다. 이따금 영수증을 확인하거나 유산 상속 문제를 논의하는 등 잡다한 사안을 처리할 일이 생겼다. 어머니 아파트는 그냥 민석에게 넘겼다. 나정은 언제나 그랬듯이 한 달 치 대출이자와 상환액을 송금해 왔다. 약제를 받은 후로 한 번도 말을 걸지 않으나 불러내면 나오리라는 생각이 있었다. 그러나 부르지는 않았다. 지연은 여전히 안방을 썼다. 문은 대체로 닫혀 있었다. 식사할 때는 짧게나마 이야기를 나눴고, 민형이 영화를 볼 때 지연이 옆에서 기웃거리는 경우도 있었지만, 둘 사이의 대화는 언제나 피상적인 수준에 그쳤다. 여름방학이 끝나고 지연이 본격적으로 우연 행세를 하기 시작한 후에도 그랬다.

최민형 진짜 미쳤어. 진짜 너무 싫어. 진짜 죽었으면 좋겠어. 너무 싫고 죽었으면 좋겠어. 이러다가 나까지 죽을 거 같아. 진짜야.

그러나 최민형을 말하던 목소리는 잊을 만하면 기억 저편에서 나타나 흔들거렸고, 그 울림은 곧 채린의 목소리와 겹쳐 하나가 되었다. 늦게나마 깨닫기로는 지연의 말투는 채린을 무척이나 닮았다. 채린이든 지연이든 민호를 붙잡고 민형의 죽음을 빌기는 마찬가지였거니와 우연도 여러 차례 그랬으리라는 사실이 심장을 건드렸다. 아프진 않았다. 그래서인가 그 깨달음을 기점으로 민형에게는 새로운 습관이 생겼다. 거실에서 휘적휘적 걸어 다니는 여자애에게 그때그때 다른 이름을 붙여 보는 것이었다. 우연이라고 부르든 지연이라고 부르든 여자애는 똑같이 반응했으므로, 그는 불리지 않은 쪽이 채린과 함께 저 닫힌 방에 앉아 있으리라 생각하곤 했다. 따라서 여전히 이 집에는 넷이 사는 것이라고…….

한편 그는 자신이 오래전의 그 지방 전셋집에 앉아 있다고도 생각해 보았다. 1980년대와 90년대의 영화가 룸메이트처럼 틀어져 있던 그곳에. 그러자 아무렇지도 않았다. 나쁠 것도 없고 좋을 것도 없었다. 그저 매일과 같았다.

일상이란 다종다양한 가능성을 소거함으로써 성립하는 연속체다. 다른 길을 포기하고 어제의 그 길을 똑같이 밟고자 결정함으로써 반복되는 것이다. 오직 올곧은 하나의 길만이 있다고 믿던 시절에는, 위화감을 억누르면서라도 그렇게 믿을 수 있었던 시절은 차라리 나았다. 민형은 자신이 세 차례의 장례식을 통해 무언가를 얻었다고 생각했으나 그 무언가는 도리어 상실에 가깝다고도 느꼈다. 그는 한 번도 택해 본 적 없는 가능성들을 바라보았고 그것이 영영 사라지는 것도 느꼈다. 좋든 나쁘든 간에 그런 일이 일어났다.

민호를 죽인 일을 후회하는 것은 아니었다. 어쨌거나 필요했던 선택이었다. 다만 가만히 있노라면 민호가 살아 있었더라면 지금쯤 상황이 어떻게 흘렀을까, 이러나저러나 실상은 무탈하게 해결할 수 있는 문제가 아니었을까, 약점을 잡아 해코지할 가능성을 카드패처럼 만지작거린 측은 민호가 아니라 민형 자신이 아니었을까 하는 의문이 불쑥불쑥 올라왔다. 거기에는 민호가 간을 요구했으니 죽였다, 로 축약할 수 없으며 따라서 타인에게 전가하지도 못 할 복잡성이 깃들어 있었다. 경찰에게 덜미를 잡혔더라면, 최소한 우혁이 죄책감이라도 들쑤셔 주었더라면 그토록 한가로운 고민은 하지 않았을 것이다. 그러나 어쨌든, 좋든 나쁘든 간에, 이 문제에 대해서도 그런 일이 일어났다.

그러다가 갑자기 사망신고 지연 과태료 고지서가 날아들었다. 예상한 일이긴 했으나 규격화된 서류 양식도, 죽음을 외면하려는 태도에 과태료를 매기는 국가의 방침도 여러 모로 묘한 느낌을 줬다. 소파에 앉아 고지서 종이를 몇 번이고 읽고 있노라니 지연이 관심을 보였다. 자신이 직접 가서 처리하겠다고 했다. 내 서류니까. 짧지만 이유가 되기에는 충분한 한마디였다. 민형은 장례식장 영정을 빤히 바라보던 지연의 모습을 복기했고, 고개를 끄덕였다. 그러나 혼자 보내기에는 모습이 묘했다. 때마침 모레 오후 일정이 비어 있었다.

주민센터에는 기껏해야 주민등록등본이나 가족관계증명서 따위나 떼러 왔을 사람들이 한가득이었다. 미혼율이 끝 간 데 모르고 치솟는 시대라지만 이중 하나쯤은 혼인신고서를 작성하고 있을지도 모른다. 사망신고서를 쓰러 온 사람이 그들 혼자뿐이라는 사실만큼은 분명했다. 지연이 왜인지 로비 소파에 앉아 딴청을 피우기에, 민형은 그럴 줄 알았다고 생각하면서 양식의 각 항을 채워 넣기 시작했다. ① 사망자, ② 기타사항, ③ 신고인, ④ 제출인. 신고인 자격은 동거친족, 관계는 부친. 가장 아래에는 인구동향조사를 위한 추가 설문란이 마련되어 있었다. 민형은 사망자의 최종 졸업학교를 묻는 문항 앞에서 잠시 멈췄다.

어쨌든 아빠는 지연이를 없앴으니까 좋지? 심란할 부분도 하나 없고?

처음에는 그 질문에 가족이란 중요한 것이라고, 지연도 가족이라고 대답했으며 두 번째로는 글쎄, 라고만 했다. 두 대답 모두가 어느 정도는 진심이었고 어느 정도는 거짓이었다. 그것이 위선이든 위악이든 간에. 둘을 어중간하게 섞어 버려서 최악의 결과물을 만들어 내는 습관은 심각한 무능력일 것이다. 이런 반추도 인제 무미건조했다. 대기표를 뽑고 기다렸다가 담당 공무원에게 서류를 건네고 나자 지연이 보이질 않았다. 민형은 이곳저곳 두리번거리다가 짧게 불러 보았다.

"최우연."

그 말에 서류 발급기 앞에 서 있던 여자애가 고개를 돌렸다. 그 뒷모습을 진작 보았는데도 지연이라고 생각하지 않았던 것은, 지연이 지문 인식기에 손가락을 가져다 대진 않으리라는 생각 때문에서였다. 기기가 서류 한 장을 게워 내고 있었다. 돌연 위기의식이 솟았다. 사망 신고가 접수된 지문이 중앙 전산에 인식되면 어떤 일이 벌어지지? 이제 어떻게 되지?

"최지연."

민형은 여기가 어디인지도 잊고 멍하니 불렀다. 지연이 한 손으로는 서류를 쥐고 다른 손으로는 입을 살짝 가린 채로 미소 지었다. 아니, 소리가 없을 뿐 큰 웃음이다. 지금까지 보았던 웃음 중에 가장 크다. 너무 커서 불길할 정도다. 곡선을 그리듯 접힌 눈매 안에서 두 눈이 새앙쥐처럼 반짝였다. 어릴 적에 새앙쥐를 붙잡아 이모저모 살펴본 적이 있었는데. 어른들이 욕하는 것에 비하면 무척이나 귀엽다고, 그러나 길게 휘어지는 꼬리가 징그러운 건 사실이라고 생각했던 기억이 났다. 그런데 그 쥐가 어떻게 되었었지?

"아빠, 이거 볼래?"

어느새 지연이 성큼 다가와 서류를 내밀었다. 레이저프린트 특유의 온기가 남아 따뜻했다. 민형은 종이를 받아 쥐었고, 위에서부터 천천히 읽었다. 최우연 명의로 나온 주민등록등본이었다. 우연의 이름과 지문으로. 그의 시선이 서류 발급기와, 서류 발급기 중앙 우측에 자리 잡은 지문 인식 렌즈와, 활짝 웃는 여자애의 얼굴과, 여자애의 손과, 서류 사이에서 몇 번이고 뜀뛰기를 반복했다. 어쩌면 이미 여기에 없는 것들 사이에서마저. 여자애는 휴대폰으로 트위터 애플리케이션을 열어 화면을 보여주었다. @ahayahaya가 거기에 있었고, @ahayahaya가 소리 내어 웃기 시작했다. 온도와 감각이 전무한 진공에 갇힌 채 바깥 세계에게 관찰당하는 기분.

이내 그 바깥 세계마저 줄줄 녹아 이지러졌다. 웃음소리는 점차로 흐느끼는 소리에 가까워져 갔고 우연의 표정 역시 알아볼 수 없게 되었다. 순전히 기뻐하는지, 허탈해하는지, 슬퍼하는지. 천장을 올려다보자 전등 불빛이, 어떤 색도 아닌 빛이 천장을 완전히 흐려 놓고 있었다. 민형은 눈을 감아 자신을 어둠 속에 가뒀고, 그러다가 다시 떴다. 여전히 여자애가 눈앞에 있었다. 오직 여자애뿐이었다. 민형은 그 허깨비 같은 형상을 향해 질문을 던졌다.

"지금 이게 뭐냐?"

보면 알겠지.

"어떻게 된 거야?"

보면 알잖아.

"왜 속였어?"

글쎄…….

"이제 어떻게 하란 거냐?"

살던 대로 살면 된다. 바뀔 것은 아무것도 없다. 지금 이대로가 가장 좋다. 민호는 죽었고, 죽이지 않았더라도 죽었을 테고, 민형은 경찰의 의심을 피했고, 여기에 있는 것은 우연이고, 처음부터 우연이었고, 자살은 자연의 몫이었다. 정체 모를 트위터 계정이 우연의 정체를 추궁할 일도 없다. 말한 대로 모두 이루어졌으며 이 일로 한창 마음고생하던 시기도 지났다. 그런데 뭐가 문제지?

살던 대로 살 수밖에 없다는 것이야말로 문제다.

"요새는 진짜 죽고 싶어. 죽고 싶다, 힘들다, 우울하다고 맨날 징징거렸을 때는 차라리 기력이 남은 거더라. 그때 했던 말들은, 죽고 싶다기보다는 이런 식으로는 살아 있고 싶지 않다는 의미였던 것 같아. 하여간 요새는 아니야. 달라."

"너 죽으면 최민형이 속으로 좋아할걸. 불량품 치웠다고. 살아 있는 게 복수야. 그냥 하고 싶은 거 막 하고 살아. 돈이라도 펑펑 써야지."

"야, 맞아, 바로 그거야. 내가 죽는다면 그건 살기 싫어서지 최민형한테 복수하고 싶어서는 아니야. 그 인간이 갑자기 날 사랑했던 척하면 무덤에서도 토가 나올 거야. 하지만 그렇다고 해서 최민형이 좋아하는 꼴은 보고 싶지 않아. 이거 무슨 이야기인지 알지?"

"알아, 알아, 알아. 나도 죽을 생각 지겹게 해 봤어. 죽어서 복수하려면 내가 해야 하는데, 솔직히 복수에 내 목숨 버리긴 싫어."

"그리고 내가 돈 펑펑 쓰면서 살면 최민형이 너까지 괴롭힐걸. 엄마도 죽였는데 딸은 못 죽일까. 지금도 날 보면서 삼촌 떠올리는 게 느껴져. 진짜야."

"삼촌이 아빠였으면 차라리 좋았을 텐데."

"근데 삼촌이 삼촌이라서 이렇게 된 거잖아. 삼촌이 삼촌이고, 또 하필이면 우리 아빠 동생이라서. 삼촌이 그러면 안 됐던 거야."

"그렇긴 해."

"엄마가 불쌍해."

"엄마는 진짜 불쌍해."

"아무튼 나는 이제 지긋지긋해."

"나도 지긋지긋하긴 마찬가지야. 대학만 붙으면 다

해결될 줄 알았는데도 계속 이런 식으로 살아야 한다는 게 너무 이상해. 이상하고 싫어. 최민형이 나 대학 붙었다고 친한 척하는 거 보면 할 말도 없고 그래. 아무튼 넌 최민형 좋을 일 해 주지 마."

"아냐, 실컷 마음고생 시킬 방법 생각하고 있어. 방법이 있어."

"뭔데?"

"우리 둘만 있을 때, 내가 죽는 거야. 그리고 네가 나인 척을 하는 거야. 어차피 최민형은 우리 구분도 못 하잖아. 죽기 전에 휴대폰만 서로 바꾸면 바로 착각할 거야. 혹시 모르니까 트위터 비계 비밀번호도 알려줄게. 최민형한테 폰 뺏기면 그거로도 툭툭 건드려 봐. 뭔가 싶겠지."

"그다음엔?"

"어떻게든 되겠지. 최우연이 죽으면 반응할 수밖에 없을 테니까. 그래도 넌 여전히 최우연이니까, 상황 꼬였을 때 사실대로 말하면 돼. 아니, 좀 더 기다렸다가 상황이 풀리기엔 너무 늦었을 때 말해. 내 생각엔 그것까지가 최민형 복장 터지는 일이야."

"삼촌은 보면 바로 알 텐데. 삼촌이 최민형한테 말해 주면 어떡해?"

"설마 그러겠어?"

"혹시 모르잖아."

"삼촌한테는 솔직히 말하고, 같이 비밀 지켜 달라고 하면 되지. 그 정도는 솔직해져도 돼. 최우연이 최우연인 척을 하고 있다는 게 도대체 뭐가 문제야. 그건 너무 당연한 일이야."

"난 사실 삼촌도 좀 그런데. 좋은 사람이긴 한데, 좀 그래."

"나도. 삼촌이 없었으면, 최민형만 있었으면 엄마가 죽었을까 싶어."

"그래도 고맙긴 해."

"간 줄 거야?"

"그건 싫어. 뭔가 계속 뺏기는 기분이 들어. 우린 그냥 탁구공인 거야. 탁구대 위에서 왔다 갔다. 그러다가 테이블 너머로 떨어져서 아예 사라지고. 사라지면 잠깐 공을 찾아보다가, 그냥 다른 공 구해서 새 게임 하고. 삼촌이 우릴 좋아하는 건, 공이 있으면 탁구를 칠 수 있기 때문이고, 우리는 특히 재미있는 게임이 되는 공이기 때문이야. 그 사람은 그런 사람이야. 난 그렇게 느껴."

"나는 공이라면 탁구 선수 얼굴을 후려갈기고 싶어."

"나도."

"내가 말한 거, 같이 하자. 죽는 건 나 혼자로도 충분해. 네가 다 지켜보고, 나중에, 죽은 다음 다시 만나서 그때 나한테 이야기해 줘. 어떻게 됐는지. 어떤 일이 일어났는지."

침묵.

"그런데 난 사실, 가끔, 아빠도 불쌍한 사람이라고 생각해. 잘해 보려는데 안 되는 티가 나. 정확히는 모르는데, 민호 삼촌이 예전에 우리를 엄청나게 챙겨 줬잖아. 단순히 사람이랑 노는 걸 좋아한다는 말로는 설명할 수 없을 만큼. 그게 사실은, 아빠가 부탁해서인 거 같더라. 싫은 상대한테 부탁한 게 쪽팔리니까 입 다문 거야. 그 생각을 하면 되게 안쓰러운 기분이 들어. 다리가 부러진 벌레가, 뛰려고 애쓰느라 제자리에서 빙빙 도는 것처럼……."

"뭐, 표현할 방법을 모를 뿐이지 속으로는 우릴 사랑한다는 거야? 너무 식상한 멘트인데."

"끔찍한 사람이지 악한 사람은 아닐 수도 있다는 생각을 하는 거야. 화산은 사람을 죽이지만, 그렇다고 해서 악한 건 아니잖아. 그런 것처럼."

"남 사정 봐 줄 거 없어. 최민형이 항상 하는 말 있잖아."

"무슨 말?"

"의도가 좋을 수야 있다. 원래 다들 그렇다. 노력조차 안 하는 건 구제불능이고, 구제불능이 아닌 이상 다들 노력을 한다. 하지만 어쨌거나 해야 할 일을 제대로 않는 건 벌 받을 잘못이다……."

그것은 죄다. 〈끝〉

작가의 말

무엇이 옳고 그른가, 무엇이 좋고 나쁜가, 무엇이 정의롭고 부정의한가에 대하여 가치 판단을 내리는 진술을 도덕적 명제라 합니다. 가령 '능력이 부족하면 불이익을 받는 경향이 있다'는 우리 세상에 대한 서술적인(descriptive) 명제이지만, '능력이 부족하면 불이익을 받아야 마땅하다'는 도덕적 명제지요.

　즉, 철저한 능력주의와 폭력에 대한 정당화 경향은 엄밀히 말하면 정의에 대한 무관심을 나타낸다기보다는 가혹한 유형의 정의에 강력하게 속박된 셈입니다. 이때 공교로운 점은, 자기감정을 직시하는 일과, 자기 내면으로부터 나와 타인을 마주 보는 일을 모두 두려워하는 사람일수록(말장난을 섞자면, 삶의 우연이든 지연되는 결론이든 견디기 어려워하는 사람일수록) 가혹성의 체현자가 되기 쉽다는 데 있을 겁니다. 외상을 소화하는 과정에서 도리어 자신이 당한 폭력을 정당화하는 경우도 있고, 보통은 두 경우가 겹쳐 있습니다.

이제 소설로 눈을 돌려 보겠습니다. 심약함과 외상적 기억으로부터 비롯된 가혹성이 청소년 인물의 몫이라면 그건 성장소설이 되지만, 중년의 몫이라면 그건 현대적 비극의 구조를 취하게 되지요. 《트윈》은 후자에 속하며, 또 그 이유로 인해 어떤 분들께는 불쾌하게 다가올 만한 이야기이기도 합니다. 그리고 동일한 이유로, 《트윈》은 제게 조부님을 떠올리게끔 하는 이야기입니다.

조부님은 폭군이라는 묘사가 정확히 들어맞는 유형의 인간이었는데, 식구들에게 괜한 문제로 호통을 치다가도 자신을 '아빠'로 지칭하곤 하셨습니다. 아시다시피 '아빠'는 오래도록 유아어였고, 일제 강점기 출생의(심지어 평생을 경상도에서 지내신) 어른이 쓸 만한 어휘가 아니지요. 그러니까 당신께서는 TV 방송을 보면서 화기애애한 가족의 모습을, 사랑받는 아버지의 상(像)을 부러워하곤 하셨던 것입니다.

한편 저는 그 집안에서 유일하게 조부님을 무서워하지 않는 아이였고, 사실상의 장손이었습니다. 그렇다 보니 조부님의 관심을 많이 받았고 나름의 애착이 있지요. 하지만 그런 저조차도 조부님이라는 사람 자체에 대해서는 좋은 이야기를 하기 어렵거니와, 일말의 애착을 가지는 것조차 다른 가족에게 무례일 수 있다는 느낌을 받을 때가 많습니다. 그리고 이 느낌까지가 어떠한 비극의 총체를 구성한다는 생각을 하게 됩니다.《트윈》의 뼈대를 이루는 것은 아무래도 그 생각들입니다(그렇다고 해서 주인공의 성격을 조부님에게서 따 왔다는 말은 아닙니다. 실제로는 무척이나 다릅니다).

한편 또 다른 관점을 취한다면《트윈》은 가부장의 실패와 실존적 위기에 대한 이야기로도 읽을 만합니다. 〈에일리언 1〉을 전복적으로 해석했을 때의 프리즘을 〈세일즈맨의 죽음〉에 가져다 댄 결과물이라고 말할 수도 있겠지요. 자크 라캉의 설명 틀을 가져올 만한 대목도 상당하고요. 혹은 죄와 심판과 용서에 대한 사변일 수도 있을 텐데, 아무튼 여러 갈래로 읽을 만한 이야기입니다. 그리고 원론적으로는 범죄 소설입니다.

어떤 방향으로 읽으셨든 얻어 갈 만한 것이 있기를 기원합니다.

감사합니다.

트윈

초판 1쇄 발행 2025년 3월 31일

지은이 단요
펴낸이 허정도
편집장 임세미
책임편집 한지은 **디자인** 서윤하
마케팅 신대섭 김수연 배태욱 김하은 이영조 **제작** 조화연

펴낸곳 주식회사 교보문고
등록 제406-2008-000090호(2008년 12월 5일)
주소 경기도 파주시 문발로 249 (10881)
전화 대표전화 1544-1900 ｜ 주문 02)3156-3665 ｜ 팩스 0502)987-5725
ISBN 979-11-7061-242-1 (03810)

∶ 책값은 표지에 있습니다.
∶ 이 책의 내용에 대한 재사용은 저작권자와 교보문고의 서면 동의를 받아야 가능합니다.
∶ 잘못된 책은 구입하신 곳에서 바꾸어 드립니다.
∶ '북디'는 문학을 기반으로 다양하게 변주된 책들을 선보이는 종합 출판 브랜드입니다.